一笑

古龍自署

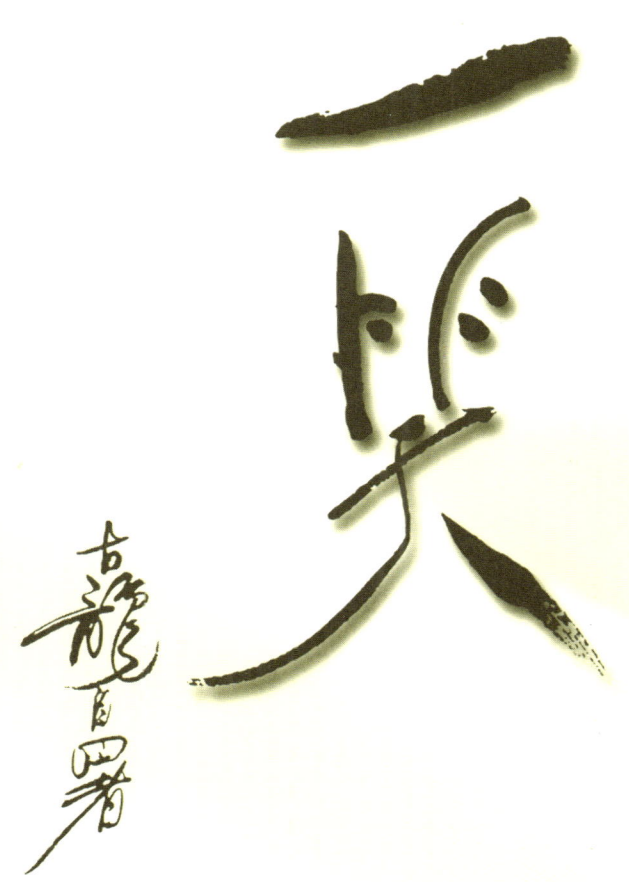

國際學術研討會

與

武俠小說

古龍武俠小說 領先時代半世紀

【記者賴素鈴／報導】江湖代有才人出，這廂古龍凋零二十載，那廂今朝懸賞百萬獎新秀，浪淘不盡，唯有武俠熱愛，不隨時間變易，在學術研討會上更見分明。以「一代鬼才：古龍與武俠小說」爲主題，淡江大學第九屆文學與美學國際學術研討會昨起在國家圖書館，展開爲期兩天的議程，紀念武俠小說家古龍逝世二十周年，新生代學者與古龍故舊齊聚一堂，以文論劍話武俠。

日前與淡大中文系教授林保淳共同發表《台灣武俠小說發展史》，武俠小說評論家葉洪生昨天在專題演講中，直批胡適1959年底發表「武俠小說下流論」是「胡說」，學界泰斗的不當發言以及隨即展開的「暴雨專案」，反而促成1960年起台灣武俠新秀的繁興，「武俠小說迷人的地方，恰恰在門道之上。」，葉洪生認定，武俠小說審美四原則在文筆、意構、雜學、原創性，他強調：「武俠小說，是一種『上流美』。」

集多年心血完成《台灣武俠小說發展史》，葉洪生認爲他已爲從十歲起迷上武俠小說的半世紀畫上完美句點，並且宣布他「以後決心退出武俠論壇，封劍退隱江湖」。

雖然葉洪生回顧武俠小說名家此起彼落，套太史公名言「固一世之雄也，而今安在哉？」，認爲這是值得深思的嚴肅課題，昨天意外現身研討會而備受矚目的溫世禮，則爲了紀念同是武俠迷的哥哥溫世仁，推出第一屆「溫世仁武俠小說百萬大賞」，即日起至今年10月3日截止收件，經兩階段評選後於明年12月7日公布首獎得主，預料將會是一場武林新秀的龍虎爭霸戰。

看明日誰領風騷？風雲時代出版社發行人陳曉林眼中的古龍，其實領先他的時代半世紀，以致如今雖然古龍逝世20年，陳曉林認爲大家對古龍的了解仍然有限，預言未來世代更能和古龍的後設風格共鳴。

昨天這場研討會，也凸顯武俠小說作爲一項文學研究門類，仍有待開發學習空間。多位與會者都指出，武俠小說的發表、出版方式和管道具考證難度，學術理論與論文格式的建立待加強。而武俠名家的版權之爭、市場競爭力，也增加出版推廣困難，古龍武俠小說的版權糾紛、司馬翎作品的版權官司也成爲研討會的場外話題。

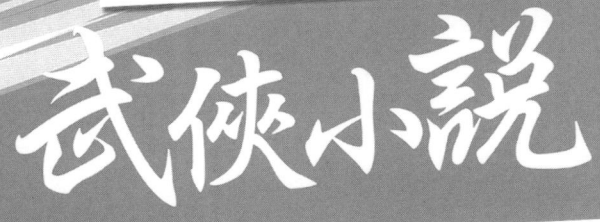

第九屆文學與美
一代鬼
古

古龍兄為人慷慨豪邁、跌蕩自如，變化多端，文如其人，且復多奇氣，惜英年早逝。余與古兄當年交好，且喜讀其書。今既不見其人，又無新作可讀，深自嘆惜。

金庸

一九九六、十、十一、香港

風鈴中的刀聲（上）

古龍精品集 68

風鈴中的刀聲

(上)

目・錄

【導讀推薦】

詭奇而美麗的武俠新篇

——《風鈴中的刀聲》導讀

知名文學評論家
李明生

《風鈴中的刀聲》講述的是一個與復仇有關的武俠故事，但表現的卻是友愛與容忍的主題。美麗的少婦因夢獨坐在小屋的風鈴下，等待著久去未歸的丈夫，然而她等到的卻不是自己期盼已久的歸人，而是殺害自己丈夫的仇人——丁丁。於是，一個爲夫報仇的故事便由此拉開了序幕。

因夢是來歷非凡的美女，她巧布陷阱，在一次比武勝利後，丁丁在小屋旁發現了昏迷倒地的因夢，並把她抱在懷裡。這時，令人意想不到的是，溫柔的因夢竟把一雙纖纖玉手伸向了丁丁致命的穴道處。爲了發泄心中的仇恨與怨氣，因夢對丁丁施行了殘酷的「手術」，將其雙眼與舌頭縫死，並請來狡黠陰險的慕容秋水和心狠手辣的韋好客，進一步摧殘折磨丁丁，對他使用酷刑，使其欲活不能、欲死不成。當慕容秋水和韋好客發覺丁丁竟是他們年輕時的好友時，他們並沒有挺身相救，而是準備借刀殺人，置丁丁於死地。

以復仇始，以情愛終

天下第一劊子手姜斷弦便是他們請來行刑的殺手。然而，機警過人的「姜一刀」識破了慕容秋水和韋好客借刀殺人的詭計，在法場上與牧羊兒、柳伴伴巧妙配合，救出了丁丁。

慕容秋水和韋好客繼續追殺丁丁，企圖加害於他。關鍵時刻，想不到因夢忽然出現，救下丁丁，使其免於一死。最後，歷經磨難癡情不變的柳伴伴終於用真心換來了愛心，一頭撲進了丁丁的懷裡。

故事以復仇始，以情愛終，比較真實地反映了作者的愛憎是非觀念。美與醜、善與惡，正直與邪念，寬容與仇恨，始終是作品的思考對象和表達的主題。正如古龍自己所說：「武俠小說裡寫的並不是血腥與暴力，而是容忍、愛心與犧牲。」而所謂容忍、愛心與犧牲，就是能夠容忍別人的傷害，培養寬厚仁愛之心，以此來消除人類之間的冷漠與仇恨，化干戈為玉帛。所以，儘管這部武俠小說帶有很強的幻想、烏托邦式的色彩，但還是鮮明地亮出了道德理想這一具有永久魅力的主題。

作者的道德思考，主要是通過具體人物形象的塑造來完成的。《風鈴中的刀聲》裡的人物，如果以道德的標準來區分，則大致可以分爲兩類：一類是代表邪惡的，其主要人物是慕容秋水和韋好客。另外像牧羊兒、田靈子也都可以歸爲這一類。這些人雖也武功高強，才藝超人，但行爲乖舛，暴戾兇殘，常以害人爲快樂，甚至其武功也時時盡充滿邪氣。所到之處，常常伴隨著血腥與殺戮。

值得注意的是，作者在對這些人物進行刻畫的時候，並沒有把他們簡單地臉譜化、道德化，而是深入到人物的內心世界中，從人物性格的把握上入手，細緻入微地刻畫人物。所以像慕容秋水的狡詐虛僞，韋好客的兇狠殘忍，牧羊兒的怪異乖謬，都描畫得栩栩如生，各具個性，毫無雷同之感。

另一類人物以丁丁、姜斷弦和柳伴伴等爲代表，表現的是人類善良美好的一面。這些人不僅武功蓋世，威震八方，而且有極好的武道修爲。在他們身上，處處體現著同情與愛心、慷慨與正義、俠義與豪爽的品格和個性，是作者心目中人格理想的化身。

人性複雜，情節奇異

正像道德的區分沒有取代人物自身性格邏輯的發展一樣，古龍筆下的人物，有時常常是複雜多義的。尤其是當作者從人性的角度去描寫人物時，其人物性格就更加突出、更加鮮活了。《風鈴中的刀聲》裡的人物在這方面給人的印象尤爲深刻。在小說裡，作者常常賦予他筆下的人物以多重人格，多重人性，甚至是截然對立的人性態度，使之成爲立體化、血肉化的人物形象，從而給人以更多的思考空間。因夢就是其中比較典型的一位。在她的身上，溫柔與兇狠，繾綣與怨毒同時並存。所以，她有時是嫵媚的，有時又是殘忍的；有時是虛僞的，有時又是真誠的。即使是對丁丁的恨，也偶爾有愛的成分。因夢是全書中性格最爲複雜含混的人物形象。

由於能夠從複雜多變的人性角度去理解人物，把握人物，所以古龍小說中的人物大多帶有怪僻、奇異和神秘的特徵。本書中的牧羊兒就是這樣一位性格怪誕的人物。《風鈴中的刀聲》裡比較成功的人物形象，幾乎都來源於作者對於人性的細微體驗。我們甚至可以這樣說，從道德上區分人物，是出於架構故事、組織情節的需要，而從人性的角度去描繪人物，才是真正的人物塑造。

追求故事情節的奇異性，是這部小說的又一個特點。武俠小說一般都有比較強的故事情節，這部小說除具備這個因素外，在情節的設置上還突出了詭異新奇這個特點。所謂「奇」，就是情節的發展常常超乎人的想像，出人意料。這不僅增加了故事的可讀性，也使情節的轉換加快，既環環相扣又旁岔頻出，看似不可思議，可卻又在情理之中。有時，古龍甚至是靠奇特的情節突變來安排事件的發展，來解決矛盾衝突的。如在小說中，當丁丁進入「雅座」，即將陷入萬劫不復的痛苦深淵時，神秘的「班沙克」出現了，它的出現，使故事起伏回轉，呈現出較大的彈性。再比如，當丁丁和姜斷弦落入屠夫式的人物勝三手中時，想不到竟是仇人因夢及時相救，才使他們逃離兇險與災難。小說處處設伏，懸念層出，極大的滿足了讀者的好奇心。但有時由於過分追求情節的神秘詭奇，且爲了簡潔的節奏感，致缺少必要的交代與鋪陳，所以奇特的情節設置有時往往顯得缺乏邏輯力量和說明力度。

節奏明快，語句躍動

古龍小說語言上的最大特點就是他那獨特的語言句式，這一點給讀者留下了很深的印象。從這部作品看，小說的句式較短，語句簡練、俐落、乾脆，毫無拖泥帶水之感。在古龍小說中，我們一般很難看到大段大段的段落出現，也很少有成段地描繪環境或介紹人物的語言，代之以跳躍性很強的簡潔句式，它常常表現出恣縱、躍動的特點。

這樣的語言方式決定了它的基本功能。它也許不太適合那種從容舒曼的敘事格調（**儘管古龍對此駕馭得也頗為嫺熟**）或寫實描摹的風格樣式，但它對於快速轉換語言話題和人物，迅速推進情節展開，無疑有著極大的優勢。除此而外，這種語言方式還在以下兩個方面比較明顯地影響了小說的特點。

首先，它對古龍小說的武功描寫產生了深刻的影響。我們知道，古龍小說裡的武功描寫，最大的特點是虛擬性及虛化，它一般情況下不對「武功」做實實在在的描繪，不追求一招一式的逼真效果，也不細緻再現武打的具體過程，而是化實爲虛，從側面突出「武功」的效果，誇大武功招式的虛幻性。所以，在這部小說中，我們很少看到武林高手精湛武藝的具體表演，更多的情況下是目睹了武功的神奇效果或意念化的武俠身手。如小說開頭寫牧羊兒神鞭的那一段：

丁丁立刻就聽到一陣極奇異的風聲，開始時宛如遠處的蚊鳴，忽然間就變成了近處的風雷，忽然間又變成了天威震怒下的海嘯。

好像是一條隱藏在滾滾烏雲中的靈蛇一樣，忽然間在破曉日出的萬道精芒中出現了。

這萬道精芒就是那一堆內動的火焰。

這種武功只有靠想像去體會了。因此我們說古龍「武功」的神妙之處，不是用眼睛觀察的結果，而是靠心靈感應的產物，訴諸感覺與想像。這些特點，在很大程度上來自於古龍簡潔跳躍的語句變化。

其次，簡短的句式變化更適於人物間的對話。古龍在這部小說中較多地使用了人物對話，通過對話來推動情節，展示人物的內心活動。其實，這也是古龍小說的一貫特點。這樣語句精短，又要表達豐富的內容，所以就要求作者把許多次要的背景材料省去，而將主要的內容通過對話表現出來。這與戲劇的對白有些類似。古龍小說的故事情節常出現跳躍性的變化，與這種對話方式關係很大。在書中「冬筍燒雞酒」一節，情節轉換迅速，人物命運變幻莫測，殺機處處，這些躍動不定的戲劇性變化，幾乎都是通過對話來完成的。

人性透視，愛情一線

語言充滿機趣和暗示，是這種對話方式帶來的又一個特點。由於人物對話負載著推動情節發展、展示人物心理活動的功能，所以它必須具備極強的暗示性，既要能夠說明事件發展的前因，又要預示事件發展的後果，並且能夠反映出人物特定情景下的心理活動。如柳伴伴和她的朋友在談到因夢對丁丁的恨時這一段對話：

「我恨牧羊兒和因夢恨丁丁是完全不一樣的。」伴伴說：「我恨牧羊兒是真的恨。」

「因夢恨丁丁難道是假的？」

「不是假的，而是另外一種恨。」伴伴說：「因為我跟她一樣也是女人，所以我才能瞭解這一點。」

「哪一點？」

「恨也有很多種，有一種恨總是和愛糾纏不清的；愛恨之間，相隔只不過一線而已。」

這段對話機趣含蓄，比較傳神地反映出伴伴作為一位女性所特有的微妙心理和敏感心態，同時也暗示出因夢與丁丁關係轉變的可能性，爲以後事件的進一步發展埋下了伏筆。

總之，《風鈴中的刀聲》是一部主題深刻，情節曲折，人物形象生動活潑的優秀武俠小說。同時，小說在思想哲理以及抒情性方面也做出了可貴的嘗試，非常可讀。

風鈴・馬蹄・刀

——寫在《風鈴中的刀聲》之前

古龍

一

做爲一個作家，總是會覺得自己像一條繭中的蛹，總是想要求一種突破，可是這種突破是需要煎熬的，有時候經過了很長久很長久的煎熬之後，還是不能化爲蝴蝶，化作蠶，更不要希望能練成絲了。

所以有很多作家困死在繭中，所以他們常常酗酒、吸毒、逃避，自暴自棄，甚至會把一根「雷明頓」的散彈獵鎗含在自己的咽喉裡，用一根本來握筆的手指，扳開鎗擊扣下扳機，把他自己和他的絕望同時毀滅。

創作是一件多麼艱苦的事，除了他們自己之外，恐怕很少有人能明白。

可是一個作家只要活著，就一定要創作，否則他就會消失。

無聲無息的消失就不如轟轟烈烈的毀滅了。

所以每一個作家都希望自己能夠有一種新的突破、新的創作。對他們來說，這種意境簡直已經接近「禪」與「道」。

在這過程中，他們所受到的挫折、辱罵與訕笑，甚至不會比唐三藏在求經的路途中所受的挫折與苦難少。

宗教、藝術、文學，在某一方面來講是殊途同歸的。在他們求新求變的過程中，總是免不了會有一些痛苦的煎熬。

二

作爲一個已經寫了二十五年武俠小說，已經寫了兩千餘萬字，而且已經被改編了兩百多部武俠電影的作者來說，想求新求變，想創作突破，這種慾望也許已經比一個沉水的溺者，想看到一根浮木的希望更強烈。

只可惜這種希望往往是空的。

所以溺者死，作者亡，也是一件很平常的事，他們不死不亡的機率通常都不會超過千分之一。

風鈴中的刀聲絕不會是一條及時趕來的援救船，更不會是一塊陸地。我最多只不過希望它是一根浮木而已，最多只不過希望它能帶給我一點點生命上的綠意。

三

有一夜，在酒後，和倪匡的閒聊之中我忽然想起來這個名字。聊起來，故事也就來了，那時候誰也不知道這個故事是個什麼樣的故事，只不過有點故事的影子而已。有一天，酒後醉，醉後醒。這個故事的影子居然成了一點形。

然後在床上，在浴中，在車裡，在樽邊，在我還可以思想的時候，這個故事就好像一隻蛹忽然化作了蝴蝶。

蝴蝶也有很多種，有的美，有的醜，有的平凡，有的珍貴。

這隻蝴蝶會是一隻什麼樣的蝴蝶？

誰知道？

四

有一夜，有很多朋友在我家裡喝酒，其中有編者、有作家、有導演、有明星、有名士、有美人，甚至還有江湖豪客、武術名家。

我提議玩一種遊戲，一種很不好玩的遊戲。

我提議由一個人說一個名詞，然後每個人都要在很短的時間裡，說出他們認爲和那個名詞有關的另外三個名詞。

譬如說：一個人說出來的名詞是「花生」。

另外一個人聯想到三個名詞就是「傑美·卡特」、「青春痘」、「紅標米酒」。

那一天我提出來的是：「風鈴」。

大家立刻聯想到的有：

秋天、風、小孩的手、裝飾、釘子、等待、音樂匣、悠閒、屋簷下、離別、幻想、門、問題、伴侶、寂寞、思情、警惕、憂鬱、回憶、懷念……

在這些回答中有很多是很容易就會和風鈴聯想到一起的，有一些回答卻會使別人覺得很奇突，譬如說釘子。「你怎麼會把釘子和風鈴聯想到一起？」我問那個提出這個回答的人。這一次他的回答更絕：「沒有釘子，風鈴怎麼能掛得住？」

「小孩的手呢？小孩的手又和風鈴有什麼關係？」

回答的人說：「你有沒有看見過一個小孩在看到風鈴時不用手去玩一玩的？」

「你呢？」他們問我：「你對於風鈴的聯想是什麼？」

「我和你們有點不同。」我說：「大概是因爲我是一個寫小說的，而小說所寫的總是人，所以我對每一件事情、每一樣東西聯想到的都是人。」

「這次你聯想到的是一些什麼人？」

「浪子、遠人、過客、離夫。」我忽然又說：「這次我甚至會聯想到馬蹄聲。」

「馬蹄聲？風鈴怎麼會讓你聯想到馬蹄聲？」

我給他們的是三行在新詩中流傳極廣的名句。

我達達的馬蹄，

是個美麗的錯誤，
我不是歸人，是個過客。

五

一個寂寞的少婦，獨坐在風鈴下，等待著她所思念的遠人歸來，她的心情多麼淒涼、多麼寂寞。

在這種情況下，每一種聲音都會帶給她無窮的幻想和希望，讓她覺得遠人已歸。

等到她的希望和幻想破滅時，雖然會覺得哀傷痛苦，但是那一陣短短的希望畢竟還是美麗的。

所以詩人才會說：「是個美麗的錯誤。」

如果等到希望都沒有的時候，那才是真正的悲哀。

在這一篇「風鈴中的刀聲」中，一開始我寫的就是這麼樣的一個故事。

這個故事裡當然也有刀。

六

一刀揮出，刀鋒破空，震動了風鈴。淒厲的刀聲襯得風鈴聲更優雅美麗，這種聲音最容易撩起人們的相思。

相思中的人果然回來了，可是他的歸來卻又讓所有的希望全部碎滅。

這是個多麼殘酷的故事，不幸的是真實有時比故事殘酷。

於是思念就變成了仇恨，感懷就變成了怨毒。

於是血就要開始流了。

「爲什麼武俠小說裡總是少不了要有流血的故事？」有人問我。

「不是武俠小說裡少不了要有流血，而是人世間永遠都避免不了這樣的事。」我說：「在這個世界上每一個角落裡，隨時隨刻都可能有這一類的事發生。」

「這種事難道就永遠不能停止？」

「當然可以阻止。」我說：「只不過要付出很大的代價而已。」

我又補充：「這種代價雖然每個人都可以付出，但卻很少有人願意付出。」

「爲什麼？」

「因爲要付出這種代價就要犧牲。」

「犧牲什麼？」

「犧牲自己。」我說：「抑制自己的憤怒，容忍別人的過失，忘記別人對自己的傷害，培養自己對別人的愛心。在某些方面來說，都可以算是一種自我犧牲。」

「我明白了。」問我話的朋友說：「這個世界上的血腥和暴力一直很難被阻止，就因爲大多數人都不願意去管這種事。」

他的神情嚴肅而沉痛：「因爲要犧牲任何事都很容易，要犧牲自己卻是非常困難。」

「是的。」

我也用一種同樣嚴肅而沉痛的表情看著我的朋友，用一種彷彿風鈴的聲音對他說：「可是如果你認爲這個世界上已經沒有願意犧牲自己的人，那你就完全錯了。」

我的朋友笑了，大笑！

我也笑。

七

我笑，是因爲我開心，我開心是因爲我的朋友都知道，武俠小說裡寫的並不是血腥與暴力，而是容忍、愛心與犧牲。

我也相信這一類的故事也同樣可以激動人心。

第一部 序幕

若說人生如夢，萬事萬物皆因夢而生，亦因夢而滅。夢如何？

她穿著一件寬鬆的白棉布長袍，騎著白馬，馳騁在這片廣闊的荒漠上。

光怪的岩石和仙人掌像奇蹟般在她眼前分裂。

她烏黑的長髮飛揚，白袍在風中起伏如海浪，長袍下幾乎是完全赤裸的。

因為她希望能夠完全體驗到風的激情、馬的躍動、生命的活力，否則她早就已經是個死人。

等她靜下來時，她全身都已被汗水濕透。

她脫下長袍，走到井邊，將冰冷的井水，一桶桶從頭沖下。她不怕被看見，因為這裡永遠沒有人來，沒有流浪在天涯的過客，也沒有她已期待多年的歸人。

她的名字叫「因夢」。

一

酷熱，無風。

連一絲風都沒有，簷下的風鈴像垂斃的兀鷹吊在那裡。非但嗅不到生的氣息，甚至連死的氣息都遠不可及。

沒有生命，哪有死亡？生死之間，本來就是息息相關的。

她獨坐在屋簷下。

放眼可及的荒漠，已經被烈日烤焦，她的臉上卻連一粒汗珠都沒有。她那纖巧細緻的鼻尖仍然光滑潔白如透明。

現在她已經完全靜下來。

除了偶然一次徹底狂野的發洩外，她久已習慣這種寂寞安靜的生活。因爲她的生命就是等待，除了等待外已別無意義。

二

烈日將逝，黃昏黑夜將臨。她靜靜的坐在簷下，靜靜的看著遠方的荒漠和簷下的風鈴，以爲這一天又將像以前數百日、數百夜那麼樣安靜度過。

就在她準備到廚房去爲自己煮一碗麵吃的時候，風鈴忽然響了。

在這個沒有風的晚上，風鈴居然響了。

她剛站起，又坐下，吃驚的看著振動的風鈴。她隱約可以感覺到一陣奇異的風聲響過。但卻又可以感覺到那一陣風聲並不是風，而是刀。

刀鋒破空時，豈非也會帶起一陣風聲？

對於這種聲音，她久已熟悉，她的瞳孔立刻因這種聲音而收縮。然後她就看到了一條熟悉的人影，在荒漠邊緣一輪其紅如血的紅日下奔來。

一條矯健修長的人影，用一種奇特悍慓的姿態在夕陽下奔跑。

她又站起，明亮的眼睛裡已開始燃燒起一股夕陽般的火燄。

就在這時候，這條人影忽然斷了。一個完整的人忽然斷成了兩截，從腰上斷成了兩截。

他的腰忽然向後折斷，一股鮮血忽然從他的腰身折斷處飛濺而出，灑出了滿天血花。

一 白色小屋中的白色女人

一

丁丁看到這棟白色小屋的時候，已經精疲力竭。

小屋是用白石砌成的，看起來平凡而樸實。可是小屋外卻有一道和小屋極不相配的非常幽雅的前廊，廊前的屋簷下，居然還掛著一串只有在非常悠閒的人家裡才能看得到的風鈴。

丁丁的人快垮了，他的馬也快垮了。

他這個人和他牽著的這匹馬都不是容易垮的，他們都已經過千山萬水，千難萬苦，才到達這裡。

他看到這棟白色的小屋和簷下的風鈴時，幾乎認爲自己已經回到了江南。

春水綠波柳蔭花樹掩映下的小屋，屋簷下擦得發亮的風鈴。

他彷彿已經可以聽見那清悅的風鈴聲，在帶著一種遠山草木芬芳的春風中響起。

然後他就看見了那個白色的女人，白如雪、靜如岩，飄逸如風，美如幽靈。

二

「我知道你已經走了很遠的路，我看得出你現在一定又累又餓又渴。」

她用一種很冷淡又很關切的態度，看著這個從遠方來的陌生年輕人：「你到這裡來，是不是想來找一頓飯吃？」

丁丁點頭，又垂下頭：「吃飽了我還想找個地方好好的睡一覺。」

他靦腆的笑了笑：「只可惜，直到現在我還不知道能不能找得到。」

她又靜靜的看了他半天，才柔柔慢慢的說：「你好像已經找到了。」

吃完了三大碗用鹹菜和醃肉煮成的熱湯麵之後，她就帶著他和他那匹嘴角已開始在流白沫的黃馬，到她的馬廄。

在這種地方，有這麼樣一個馬廄已經可以算是一種非常奢侈的行爲了。

她讓他的馬和她的白馬共享一個馬槽，卻指著一堆稻草問他：「在這裡你睡不睡得著？」

他當然睡得著：「就算在一堆馬糞上，我都能睡得著。」丁丁說。

她笑了。

在她那張蒼白的臉上忽然綻起的那一朵笑容，就像是白雪中忽然綻開的一朵梅花。

看著她的笑，他忽然覺得她好寂寞、好寂寞。

他的馬鞍上除了水囊糧袋外，還有兩個奇怪的黃布包袱。水囊已乾，糧袋已空，這兩個黃布包袱卻是滿滿的，一個方圓，一個狹長。

丁丁把這兩個包袱從鞍上解下，塞在稻草堆裡的最深處，就和衣躺在稻草堆上。

帶著遠山芬芳的稻草香氣，使得他很快就進入了一種恍惚縹緲的夢境中。

他甚至夢見了一群羊，一個嬌艷的牧羊女，正在用一條很長的鞭子抽打著這群羊，鞭子上甚至還帶著刺。

他忽然覺得自己也在這群羊之中。

等他從噩夢中驚醒時，冷汗已經滲透了衣衫。

三

因夢今夜卻無夢，因爲她今夜根本就沒有睡著。

等到她從恍惚的夢境中醒來時，天已經亮了。呼嘯的風聲已經漸漸開始在荒原中消失，小屋外卻響起了一陣陣極有韻律的劈柴聲。

丁丁已經開始在劈柴，用一種非常奇特、非常有效，又非常優雅的方式在劈柴。

她走出來，她披上一件棉袍走出來，倚在風鈴下的簷柱旁。

他的動作並不快，他用的斧也不利，可是在他斧下的硬柴裂開時，卻像是一連串爆竹中的火花。

她看著他，看得彷彿有點癡了。

等他停下來抹汗時，才看見她。這時候疲倦與飢渴已經在他臉上消失不見，因爲運動後的健康汗珠已經在他臉上冒了出來。

「如果你不介意，這可不可以算作我付給你的食宿錢？」

「可以。」

因夢的笑容如夢，「這已經太多了。」

「我看得出你這裡還有很多柴沒有劈，馬廄的欄杆也壞了。你那匹有汗血混種的馬也該減一減驃，換一換蹄鐵，甚至連你的屋頂都應該補一補了。」

丁丁說：「現在冬天已經要到了，你那個醃肉醃雞的小地窖更一定要補一補，否則到了明年春天，你的糧食就很可能變成了一堆臭水。」

因夢看著他。

「你是不是想留下來替我做這些事？」

「是。」

「爲什麼？」

丁丁嘆了口氣：「因爲在春冰解凍之前，我還找不出別的地方可去。」

她又盯著他看了很久，才一個字一個字的問：「你至少也應該先告訴我你叫什麼名字？」

「我姓丁，叫丁寧。」他說：「可是我的朋友們都叫我丁丁。」

四

她看見他時，他騎著一匹黃色的馬，風塵滾滾，甚至連眸子和頭髮、眉毛都已經被滾滾的砂塵染黃。在他黃皮馬鞍旁所繫著的是兩個黃布包袱。

他的靴是黃色的牛皮靴，他靴下蹬著的是黃銅馬蹬。

可是，非常奇怪的是，在她第一眼看見他的時候，只覺得他是一個完全黑色的男人。

二 黑色的男人

一

九月，月圓，夜涼如水。

丁丁從稻草堆裡拿出了那兩個黃布包袱，解開了其中比較大的一個。包袱裡是一套摺疊得非常整齊的黑色衣裳和一雙黑色的小牛皮靴。

在銀色的月光下，誰都可以看出來這套衣裳是用一種非常昂貴的質料作成的，輕柔光滑如處女的皮膚。一個落拓天涯的浪子，是不配穿這種衣服的。

可是等他穿起來之後，世界上就絕對沒有人再敢說他不配了。

光滑的衣料緊貼在他光滑瘦削的身體上，剪裁之貼身，手工之精細，使得他在瞬息之間就變成了另外一個人，甚至就好像忽然變成了另外一種動物。

現在他看起來就好像是一頭黑色的豹子。

他站在月光下，伸展四肢，全身上下每一個骨節中立刻就響起了一連串爆竹般的聲音。

可是他耳邊所響起的，卻是另外一種聲音，他彷彿又聽見那個人用一雙充滿血絲的眼睛瞪著他說：「丁丁，要記得在九月月圓的那一天晚上，你要去對付的是三個非常可怕的人。他們要殺人，就好像要喝水那麼容易。他們要殺人時的樣子，也好像在喝水時那麼輕鬆自然，甚至他們在殺了你之後，你都不會知道自己是怎麼死的！」

「你用不著替我擔心。」丁丁說：「如果我自己不想死，無論誰要我死都不容易。」

丁丁雖然這麼說，卻還是記住這三個人的名字，還花了兩個月的時間，把他們的資料都蒐集得很完全。

這三個人就是——

二

軒轅開山，男，三十三歲，身高七尺六寸，重一百八十四斤，使一把長柄開山斧，全長五尺四寸，重七十九斤，天生神力。

軒轅開山是一個樵夫的兒子，他的母親是苗女。

他生長在雲貴邊區野人山中的一個濃密森林裡，四歲時，就能舉得起他父親的斧頭，七歲時就已經能用那把斧頭砍樹了。

三個月以後，他已經砍倒了他生命中的第一棵樹，再過三個月，他就用同樣一把斧頭砍死了他母親的情人。

苗女對於貞操觀念就好像浪子對金錢那麼隨便，沒有人為這件事責備他。

所以他以後對人命價值的觀念，也就看得比較隨便，有時候他砍人，簡直就好像砍樹那麼隨便。

幸好人不是樹，要砍人，通常都比要砍樹難得多，所以他每年至少都要負傷二十七、八次，至少都要躺在床上一百多天。

不幸的是，他也因此而磨練出一副打不死的銅筋鐵骨，一股悍不畏死的慓悍之氣，和一套無堅不摧的「軒轅開山三十六斧」。

這是他從無數次艱辛血戰的經驗中練出來的，比任何武學大師能夠教給他的都實際有效。

這個人在他十六歲時，已經被武林中人公認為三十二個最可怕的殺手之一。

三

田靈子，女，二十七歲，已婚，結婚六次，每次成親後不到一年，就已成爲寡婦。現仍寡居。

看見過田靈子的男人也不知道有多少個，能夠忘記她的人，卻連一個也沒有。

在這個充滿了各式各樣奇奇怪怪人物的世界上，卻只有一種女人是能夠讓男人只要看過一眼就永遠忘不了的。

田靈子無疑就是這種女人。

她的身世是個謎，關於她身世的說法有很多種，其中最可信的一種是——

她的父親是一個流浪到中土來的扶桑浪人，強暴了她的母親，生出了她。

她的母親叫柳葉兒，是華山劍派掌門人的女弟子，劍法本來就很高。可是她的父親卻用一種極其詭密怪異的東洋劍法擊敗了她，後來又取得了她的心。

所以田靈子的武功和劍法，兼取了她父母之長。劍法之輕靈得自華山，出手之詭異得自扶桑。

這麼樣一個女人是不是已經很可怕？

更可怕的是，她嫁的六個丈夫也都是名門劍派後起一代高手中的佼佼者。

她當然也把她的丈夫們劍法中的精萃吸收過來。

所以，每當江湖中人看到一個非常溫柔美麗的女人，帶著一種非常可愛的微笑，向他們走過去的時候，他們通常都會在刹那間死於她的劍下。

四

可是比起那個牧羊兒來，軒轅開山和田靈子就變得只不過好像是一個和善的天使了。

如果說這個世界上，真的還有一種能讓人做噩夢的人，牧羊兒絕對就是其中之一。

丁丁對他知道的最少，江湖中甚至沒有人能夠收集到有關他的資料。

他姓什麼？叫什麼？身世如何？武功如何？

沒有人知道。

最怪異的是，江湖中甚至沒有人知道他是男是女？只知道他會用一條很長的鞭子，就好像邊極荒原上那種邪惡的牧羊人，所用的那種邪惡的長鞭。

可怕的是，他的鞭子上還帶著刺，就好像玫瑰花枝上的那種刺一樣。

更可怕的是，他牧的不是羊，而是人。

男人、女人、老人、小孩、侏儒、殘廢、才子、學者、俠客、英雄、豪傑，在他眼中看來都是一樣的，都是他鞭下的羊。

人世間全部有生命的動物，在他眼中看來全部都是他鞭下的羊，都要受他的鞭策奴役。

丁丁也曾在噩夢中夢見過他。

丁丁知道在今夜這一戰中，最沒有把握對付的人就是他。

因爲他連這個人是什麼樣的人都不知道，他只知道他實在不願意死在這麼樣一個人的手下。

五

丁丁解開了第二個包袱，那個狹長的黃布包袱，包袱裡是一把刀。

一把刀，一把很狹、很長的刀。

丁丁沒有把刀拔出來。

因爲這把刀用不著時常擦拭，也依舊可以保持它的鋒利。

這把刀也不是用來觀看玩賞的。

只是在面對他非殺不可的強仇大敵時，這把刀才會出鞘。

刀出鞘，必見血，敵不亡，我必亡。

這其間絕無選擇的餘地。

六

走過灑滿月花的土地，來到用白石砌成的井欄，丁丁吊起了水桶，用井纜吊起了木桶，把冰冷的井水一桶桶從頭上淋下，使他的人完全保持在絕對清醒的狀態。

井水從他的衣衫和刀鞘上流落，他的衣，他的絝，他的靴，他的刀鞘，在井水流過後，立刻就乾了，乾的就好像從未見過流水的沙漠一樣。

然後他就走向死亡，筆筆直直的走向死亡。

只不過誰也不知道那將是誰的死亡？

七

因夢今夜又無夢。

她一直睜著眼，彷彿一直在等，是在等歸人？還是在等過客？

圓月在窗前，月清，月冷，雖然月圓，依舊孤獨。

人也一樣。

窗外有月無風，簷下的風鈴卻響了起來，就好像天地間忽然有一股摸不著也看不見的殺氣，忽然將這一串已安靜許久的風鈴振起。

她用她那一串潔白細密的牙齒，咬住了她蒼白的嘴唇，慢慢的站起來，走到窗前。

一個黑色的男人，正從她的窗外走過，向月光盡頭處那一片無邊無際的黑暗。

三　死亡之前

一

天剛剛黑，圓月剛剛升起，軒轅開山就準備睡了。

他剛剛吃光了整整一條烤得半熟的小山羊，準備再好好的睡足兩個時辰，才有力氣來對付今夜子時的決戰。

把一張他赤手空拳從青海巴顏喀喇山獵來的犛牛皮，鋪在砂石稜稜的荒漠上，他一躺下去，幾乎就立刻睡著。

可是他立刻又驚醒。

他沒有聽見任何聲音，但卻有一種聽不見的腳步聲驚醒了他。他可以斷定已經有人來到附近，他的判斷從未錯誤過。

在這一瞬間，他已下定決心，只要這個人一走進他附近七尺方圓之內，他就要把這個人用他的一雙手生生撕裂。七尺左右這種距離，已經是他安全的極限。

想不到腳步聲居然恰好在七尺外的邊緣上停了下來，他本來一直假裝睡著了，現在卻不得不瞇起一隻眼。銀色的月光下，他看見一個穿著一身繡花衣裳的大孩子，站在他以多年經驗所結斷出的安全距離外，用一雙特別明亮的大眼睛看著他。在這種窮山惡水的荒漠上，怎麼會忽然出現這麼樣一個人？

「小鬼，你是幹什麼的？到這裡來幹什麼？你不怕野狼把你吃了？」軒轅開山厲聲說。

「小鬼？你說我是小鬼？」穿繡花衣裳的小鬼吃吃的笑了，笑聲如銀鈴。

「軒轅開山，你今年才三十三歲，就敢說我是小鬼？」這個小鬼故意搖頭嘆氣：「你知不知道在我六個老公裡，年紀最小的一個都比你大十歲。」

軒轅開山愣住，忽然跳起來，楞楞的看著她，看了半天，終於大笑。

「我知道你是誰了，你一定就是那個要命的田靈子。」他大笑：「幸好我也知道你只會要你老公的命，否則我早就已經像一隻中了箭的兔子一樣逃走。」

在燈光下，在一尺多遠的距離以內看起來，這個小鬼果然已經不是個小鬼了。

無論從任何角度來看，她都已經是一個發育得非常健全的成熟女人。身材雖然比較嬌小了一點，卻還是有可以讓每一個男人都心動的魅力。

軒轅開山看著她，搖頭嘆氣。

「現在我才明白你那些老公怎麼死的了，如果我是你老公，我也一樣會死在你手裡。」

田靈子也在盯著他看，看了半天之後才說。

「可是我卻看不透你。」她說：「我已經注意你四、五天了，從你第一天來的時候，我就已經開始注意你了。」

「哦。」

「這四、五天來我發現你把那附近每一個可作戰的地方都觀察得非常仔細，甚至連那裡土質的柔軟或堅硬都瞭解得非常透徹，甚至連那地區風向的變化也摸透了。」

田靈子說：「我本來一直以為你是一個粗枝大葉的人，想不到你居然這麼細心。」

軒轅開山又大笑。

「粗枝大葉的男人也一樣想活下去，不想死的人在這種生死決戰之前怎麼能不細心？」

燈光是從八盞羊角燈裡透出來的，羊角燈掛在一個極華美舒服的羊皮帳篷裡，帳篷在荒漠邊緣一道屏風般的岩石山障後，帳篷裡有一種可以讓每個人都覺得很舒服的設備，甚至已經可以說完全應有盡有。

田靈子無疑是一個非常講究享受的女人，從軒轅開山踏入這個帳篷的那一刹那開始，他就已發覺了這一點。

因為就在他走進這帳篷時，第一眼看見的，就是四個眉目清秀，身材都極健壯的男孩，正在為她鋪床疊被，設菜置酒。

走進了溫暖的帳篷，脫下了繡花的長袍，她身上就只剩下一層薄如蟬翼般的輕紗了。在鏤空的羊角燈光下看來，甚至連一些情人都不容易看到的地方，都能看得很清楚。

四個小男孩毫無避諱的直盯著她，眼睛裡充滿了年輕而原始的激情與慾望。

看到這種眼色，就可以想像到他們和她之間的關係絕不尋常。

田靈子居然也連一點避諱的意思都沒有，用手勾住了一個小男孩的肩，吃吃的笑著說：「能夠讓女人青春永駐的方法有很多種，我發現其中最有效的一種，就是年輕漂亮的小男孩。」

軒轅開山大笑：「我看得出你這種方法不但有效，而且有趣。」

田靈子說：「所以等你再老一點的時候，你也不妨找幾個漂亮的小姑娘來試驗試驗。」

她笑得嫵媚冶艷。

軒轅開山卻沒有去看她的笑容，他從她的笑臉一直往下看。

「我不喜歡小姑娘，我只喜歡你這樣的女人。」

「我聽說高大魁偉的男人，都喜歡欺負嬌小的女人。」田靈子淡淡的說：「我也聽說過，被你欺負過的女孩子可真有不少。」

軒轅開山直盯著她盈盈一握的細腰，眼睛裡已經有了紅絲。

「你怕不怕？」

「怕什麼？」

「你怕不怕我強姦你？」

田靈子又笑了，用一種柔柔細細的聲音說：「我知道你不會做這種傻事的，你自己也應該知道，你根本沒有把握能制得住我。何況這些小鬼也不是好惹的。」

四個小男孩立刻瞪大了眼睛，瞪著軒轅，眼睛裡立刻都充滿了殺機和敵意。

田靈子拉起了他們其中一個人的手，放在鮮紅的櫻唇下親吻。

「他們的年紀雖然不大，卻都已經學會了兩極四儀劍陣。」田靈子柔聲道：「你大概也聽說過，我的第五任老公是武當派中極有名望的一位名宿高手。」

軒轅開山還是用一雙充滿血絲的眼睛盯著她，又盯著她看了半天，忽然大笑。

「我服了你了，我真不敢動你。這也是你運氣好，遇見的是我。」

「哦？」

「如果你遇見的是那個牧羊兒，現在你已經被赤條條的綁在柱子上了。」

田靈子先捧著那個小男孩的臉來親了親，才回過頭去問軒轅：

「你見過牧羊兒？」

「我沒有。」

田靈子微笑，笑得迷人極了。

「那麼你怎麼知道他會對我有興趣？」她問軒轅：「你怎麼知道被赤條條綁在柱子上的人不是你？」軒轅的笑聲停頓。

他也曾聽說過牧羊兒是個女人，一個殘酷而變態的女人，對付男人的手段遠比對付女人更兇暴、殘忍。

田靈子看著他臉上的表情，悠悠的說：「我曾經聽一個很可靠的消息來源說，她是個比我更嬌小的女人。」

她說：「你也應該知道嬌小的女人，最喜歡欺負的也就是你這種魁偉高大的男人。」她又笑：「如果她真的來了，會用什麼方法對付你？我簡直連想都不敢想。」

說完這句話，她就聽見一個人用一種沙啞而甜蜜的聲音說：「小軒轅，你用不著害怕，小田田，你也用不著高興。我要對付你們的法子，絕對是一樣的。」

這個人低沉沙啞的聲音中，雖然帶著種說不出的溫柔甜蜜，卻又帶著種說不出的詭秘恐怖之意。

牧羊兒真的來了。

二

走進帳篷來的是個非常高、非常瘦的人，一定要低低的彎著腰才能走進來。

嚴格來說，他根本不是走進來的。而是像一個殭屍幽靈般漂浮著移動進來的，四肢關節間根本就沒有行走的跡象。

他身上穿著件像西方苦行僧經常穿著的那種褐色連帽長袍，袍角一直拖到地上，帽沿直垂到眉下，只露出一雙孩子般天真無邪湛藍色的眼睛。

可是等到他笑起來的時候，這雙眼睛中立刻就會現出一種無法形容的邪異。

現在他就正在笑。

「男人和女人我全都喜歡，所以你們全都用不著擔心。我對付男人和女人的法子都一定完全公平。」

軒轅開山額上的青筋已突起，田靈子卻還是笑得那麼甜蜜。

「不管怎麼樣，你既然已經來了，就應該先寬衣坐下，喝一杯酒。我們總是同一條線上的人。」

「那麼你就不應該請我寬衣了，我脫下衣服來，通常都會讓人嚇一跳的。」牧羊兒邪笑：「不管男人和女人都會嚇一跳。」

「我想我們不會。」田靈子帶著優雅的微笑：「我相信軒轅大兄見到的女人已經夠多了，我見過的女人也不會太少。」

牧羊兒笑得更邪。

「好。」他說：「那麼我就恭敬不如從命了。」

看著他那件七尺多長的褐色長袍滑落到地上時，每個人臉上的表情都變得像是在嚴冬驟然極寒中忽然被凍死的人一樣。

那種表情是誰都沒有辦法形容的。

他們所看見的竟是個侏儒，一個三尺高的侏儒。站在五尺高的高蹻上，身上唯一穿著的，好像只不過是條鮮紅的絲帶。

「現在我已經寬衣了。」他問依舊面不改色的田靈子：「我是不是已經可以坐下來？」

「請坐。」

「我是不是應該坐在主人旁邊？」

「當然。」

田靈子還是一點都不在乎，那四個小男孩卻開始爆炸了。

四把精芒閃動的短劍忽然出鞘，分別從四個詭秘難測的角度，刺向這個淫猥的瘋子，號稱內家第一正宗的武當兩極四儀劍法，在此時此刻，從他們手中刺出，彷彿也帶著種說不出的邪氣。

牧羊兒卻還是太太平平安安穩穩的坐了下來，坐在田靈子身邊。

等他坐下來時，四個小男孩都已經飛出去了，帶著一連串飛濺的血珠飛了出去，每個人咽喉上都多了一個血紅的窟窿，誰也沒看見這個窟窿是怎麼會忽然冒出來的。

飛濺的血珠落下，軒轅開山連動都沒有動。他全身上下彷彿都已僵硬，只有眼中的紅絲更紅。

牧羊兒笑瞇瞇的看著他問：「小軒轅，你有沒有什麼意見？」

「我沒有。」

「你是不是已經開始有點佩服我？」牧羊兒又問。

「好像已經有一點。」軒轅看著他那雙蒼白得沒有絲毫血色的小手：「我只奇怪你手裡的鞭子到哪裡去了。」

牧羊兒大笑：「對付這種小垃圾，我還要用鞭子？」他說：「等到我要用鞭子的時候，要對付的至少也是你這種人。」

他把他的小手放在田靈子的大腿上：「你呢？你有什麼意見？」

「我有什麼意見？」她輕輕柔柔的說：「難道你以為我會喜歡一堆垃圾？」

「這麼樣看起來，我們三個人的想法好像已經有點溝通了。」牧羊兒把她的酒杯拿過來，淺淺的啜了一口：「我相信你們現在都已經完全明白，要對付今天晚上那個對手，我們自己的思想一定要完全一致。」

「我明白。」

「那個人絕不是個容易對付的人，可是你們如果能絕對接納我的意見，我保證他絕不會活過今夜子時。」

「我相信。」

「最重要的一點是，不管我要你們做什麼，你們都不能反對。」牧羊兒說：「否則你們兩位的咽喉很可能已經先被割斷。」

沒有人反駁他的話，沒有人會反駁一個如此可怕的瘋子。

牧羊兒輕輕的鬆了口氣。

「在這個情況下，如果我還覺得有什麼不滿意，那我就簡直是不知好歹的畜牲了。」他用他的小手優雅的舉杯：「現在距離子時還有一個多時辰，我們爲什麼不好好的輕鬆一下，等著那個人來送死？」

他的聲音優美宛如黃昏時情人的歌曲：「我一直都覺得，等著別人來送死，是件最有趣也最刺激的事。」

這時候白色小屋簷下的風鈴仍然在響，丁丁正準備穿越那一片寂寞的荒漠，進入死亡。

四 死之戲

一

荒漠邊緣一塊像鷹翼般的風化岩石下，有一坯新墳，墳前甚至連石碑都沒有，只種著一株仙人掌。

丁丁默默的從墳前走過去，心裡在想，今夜他如果戰死，會不會有人將他埋葬？

他立刻就想起了那個蒼白的女人，想起了她的溫柔和冷漠，想起小屋簷下那一串總會撩起他無限鄉愁的風鈴。

可是等他走過這一坯黃土時，他就將這一縷情思和鄉愁完全拋開了。

在生死決戰之前，是不應該想起這些事的，情愁總是會讓人們軟弱，軟弱就是死。

走入荒漠時，丁丁的腳步已經走出了一種奇特的韻律，就像是在配合著生命中某種神秘的節奏，每一個節奏都踩在生死之間那一線薄如剃刀邊緣的間隙上。

然後他就看到了那一堆燃燒在帳篷前的火燄，也看到了那個穿一身薄紗的女人。

她癡癡的站在那裡，美麗的臉上沒有一絲表情，可是在閃動的火光下，她嬌小而成熟的胴體卻像是在不停的扭動變幻，幾乎已將人類所有的情慾都扭動出來。

在火光和月色可以照亮到的範圍中，丁丁只看見了她一個人。

——軒轅開山和牧羊兒呢？

丁丁用鼻子去想，也可以想得出來，另外兩人當然一定是躲在黑暗中某一個最險惡的陰影裡，等著向他發出致命的一擊。

可是他的腳步並沒有停。

他依舊用同樣的姿態和步伐走過去，直走到火燄也照上他的臉的時候才說：

「我就是你們在等的人，也就是你們要殺的人，現在我已經來了。」丁丁的口氣很平靜：「所以現在你們隨時都可以出手，隨便用什麼方法出手都行。」

丁丁說的是真話。

只要他們能夠殺了他，無論他們用的是多麼下流卑鄙惡毒的方法，他都不會怪他們的。

奇怪的是，居然沒有人動手，黑暗中隱藏的敵人沒有出手，火鯊前穿薄紗的女人也沒有出手。

她的臉上仍然全無表情，卻又偏偏顯得那麼淒艷而神秘，就彷彿一個從九天謫降下來，迷失在某一處蠻荒沼澤中的仙女。

丁丁也好像有點迷失了。

荒原寂寂，天地無聲，無悲喜，無得失，無動靜。可是丁丁知道，這期間能有生死。

因爲他已經在這一片不能用常理解釋的靜寂中，聽到了一陣不能用常理解釋的聲音。

他居然彷彿聽見了一陣風鈴聲，從極遙遠的地方傳來的風鈴聲。

白色的小屋，簷下的風鈴，刀還未出鞘，鈴聲是什麼振響的呢？

丁丁立刻就聽到一陣極奇異的風聲，開始時宛如遠處的蚊鳴，忽然間就變成了近處的風嘯，忽然間又變成了天威震怒下的海嘯。

鬼哭神號，天地變色，人神皆驚。在這一陣讓人彷彿就像覺得是海嘯的呼嘯聲中，忽然出現了一條黑影，就好像是一條隱藏在滾滾烏雲中的靈蛇一樣，忽然間在破曉日出的萬道精芒中出現了。

這萬道精芒就是那一堆閃動的火燄。

靈動萬變的蛇影，帶著淒厲的風聲，忽然纏住了火堆前那個神秘而美麗的女人。

薄紗立刻化作了萬朵殘花，殘花如蝴蝶般飛舞，女人已赤裸。

她那玲瓏剔透的晶瑩胴體上，立刻出現了一道血紅的鞭痕，鮮血立刻開始流下，流過她雪白平坦的小腹。

這一鞭的靈與威已令人無法想像，更令人無法想像的是，挨了這一鞭的人卻仍然癡立馴服如綿羊。

就在這時候，火燄又暗淡了下來，遠處又有呼嘯聲響起。

丁丁的瞳孔收縮。

因爲他又看見了一道靈蛇般的鞭影飛捲而來。

他明知站在火燄前的這個女子就是想要他命的田靈子，可是他也不忍心眼看著她再挨上一鞭。

他以左手負腕握刀鞘，以刀柄上的環，反扣急捲而來的鞭影。

鞭子本來是往女人抽過去的，鞭梢上的刺本來是抽向女人身上一些最重要的地方，可是等到丁丁的刀環扣上去時，鞭梢忽然反捲，捲向丁丁的喉結。

也就在這同一刹那間，本來要挨鞭子的女人，居然也撲向丁丁。

她一直垂落在腰肢旁的雙臂後，竟赫然也在這一刹那間出現了兩把精芒閃動的短劍，直刺丁丁的心臟和腰眼。

這時候丁丁的右手已握住刀柄，誰也沒法子看出他是在什麼時候握住刀柄的。

他的手掌握住刀柄時，就好像一個多情的少年，握住了他初戀情人的乳房一樣，他的心立刻變得充實而溫暖，而且充滿了自信。

就在這時候，鞭梢與劍光已向他擊下，眼看已經要將他擊殺在火燄前。

只可惜他的刀也已出鞘。

刀光閃，火燄動！靈殺退，劍光落。

忽然間，雪亮的刀鋒已經到了田靈子雪白的脖子上。

刀鋒輕劃，在她緞子般光滑的皮膚上，留下了一道紅絲般的血痕。

這一刀的速度和變化，都絕對是第一流的，可是這一刀卻不是致命的一刀。

刀鋒在對手的咽喉要害上劃過，對手居然還活著，黑暗處已經有人在笑。

笑聲中閃出了一條身高幾乎有八尺的大漢，手裡拿一把超級大斧，笑得猖狂極了。

「有人告訴我，今夜我要來鬥的是當世第一的刀法名家，想不到你卻如此令我失望。」

「哦？」

「殺不死人的刀法，能算是什麼刀法？」軒轅開山說：「像這樣的刀法，不但是花拳繡腿，簡直就是狗屁。」

丁丁微笑。

「你的斧頭能殺人？」他問軒轅開山。

軒轅狂笑，揮斧，巨斧開山，勢若雷霆，丁丁的刀鋒輕輕的一轉，從他的肘下滑了出去。

就在這一刹那間，忽然發生了一件怪事。

軒轅開山寬闊的肩膀上，忽然間多了一個人，一個看起來很滑稽的侏儒，手裡卻拿著條絕沒有絲毫滑稽之意的長鞭。鞭子和斧頭幾乎是同時向丁丁身上打過去的，甚至比斧頭還快，這一鞭抽下去的部位，恰好彌補了軒轅開山開闊剛猛兇惡的斧法中的所有空隙。

而且這一鞭是從高處抽下來的，因爲這個侏儒的身材雖矮小，卻已經騎在八尺高的軒轅開山的肩膀上。

就好像一個一丈高的巨人一樣。

巨斧剛，長鞭柔，又好像一個有四隻手的巨人，同時使出了至剛至柔兩種極端不同的武器。

這本來是絕對不可能會發生的事，現在卻奇蹟般出現在丁丁眼前，這種奇蹟帶來的通常只有死。

只不過直到現在爲止，誰也不知道要死的人是誰？

——在人類的生命歷史中說來，死亡豈非通常都是一種沒有人能夠猜測得到的詭秘遊戲？

二

丁丁修長瘦削的身體忽然用一種沒有任何人能想像到的奇特動作，扭曲成一種非常奇特的姿勢。

他掌中的刀鋒依舊很平穩的滑出。

刀光一閃，彷彿滑過了軒轅開山的脖子，也滑過了盤住他脖子的那兩條畸形的腿。

不幸的是，腿沒有斷，脖子也沒有斷，只不過脖子也多了一道紅絲般的血痕而已。

一道很淡、很淡的血痕。

幸運的是，刀光一閃間，丁丁已經退出了很遠，軒轅卻沒有動。

他不動，盤在他脖子上的牧羊兒當然也沒有動。

他們都在用一種很奇怪的表情看著丁丁。

丁丁也在用一種很奇怪的表情看著他們，然後居然笑了，笑得很神秘，也很得意。

「軒轅先生，你現在是不是已經知道狗屁的刀法有時候也能殺死人的？」

「狗屁！」

軒轅開山只說出這兩個字。

說到「狗」字時，他脖子上那道淡淡的血痕忽然間就加深加濃了。

說到「屁」字時，他脖子上那道本來像一根紅絲線般的血痕，已經真的開始在冒血。

這時候，牧羊兒一條畸形的腿已經變成了紅的。

就在這時候，軒轅的脖子突然折斷，從那道血絲間一折爲二。

鮮血忽然間像泉水般標出來，他的頭顱竟被一股標出來的血水噴飛。

牧羊兒也被這一股血水噴走。

就在這個時候，黑暗中傳來了一聲驚惶的呼聲，一個幽靈般的白色女人慢慢的倒了下去。

三

因夢蜷伏在砂土上，看起來就像一隻飛過了千萬叢花樹，千萬重山水，從遙遠的神秘夢之鄉飛來，已經飛得筋疲力竭的垂死白色的蝴蝶。

在這一片淒淒慘慘的荒漠上，她看起來是那麼纖弱而無助。

丁丁看著她，心裡忽然充滿了愛憐。

一個多麼寂寞的女人，一個多麼脆弱的生命，丁丁輕輕的抱起了她。在這種情況下，丁丁的刀本來是絕不會離手的，可是現在他已經忘記了他的刀。刀落人在，他輕輕的抱起了她。看著她蒼白而美麗的臉，要保護這個女人，似乎已經成了他今後最大的責任。

然後劍光忽然又閃起，田靈子又出現在他面前，黑亮的眸子閃動如劍光。

「我也聽說過你，刀出鞘必見血，剛才我也親眼看見過。」她問丁丁：「剛才你為什麼不殺了我？」

「殺人的理由只有一種，不殺人的理由卻有千千萬萬種，我不必告訴你。」丁丁說：「我只希望你明白一件事。」

「什麼事？」

「像剛剛那種情況，絕不會再有第二次了。」

「這種情況當然不會再有第二次，因為你現在手中已經沒有刀，只有一個女人。」田靈子說：「你手中的刀能夠要別人的命，你手裡的女人卻只能要你自己的命。」

丁丁笑了。

就在他開始笑的時候，田靈子的劍已經到了他咽喉眉睫間，左手劍先劃咽喉彎上眉睫，右手劍先點眉睫後曲心臟。

這一劍變化之詭異，實在可以說已經快到了劍法中的極限。

丁丁沒有動。

因爲他已經看到了一條鞭影橫飛而來，鞭梢捲的不是丁丁的要害，而是田靈子的腰。

鞭梢一捲，田靈子又被捲得飛了出去，捲飛入那一片深不可測的黑暗中，立刻被吞沒。

黑暗依舊。

丁丁居然向那邊揮了揮手。

「牧羊兒，你走吧！我不會再追你的，你可以慢慢的走。」

「爲什麼？」

「我總覺得老天已經對你太不公平了，所以我就不能不對你好一點。」丁丁說：「我只希望你以後真的乖乖的去牧羊，不要再把人當作豬羊馬牛。」

荒漠寂寂，清冷的月光照在因夢蒼白的臉上，丁丁往回程走，那白色的小屋，屋簷下的風鈴，和此刻昏迷在他懷抱中的女人，對他來說都已是一種慰藉。

他已遠離死亡。

此後這種種的一切，已經足夠療治他以往的種種創傷。對丁丁來說，這一刻也許是他這一生中，心裡覺得最溫暖充實甜蜜的一刻。

可是在這一瞬間，他懷抱中那個純潔蒼白溫柔美麗的女人，已經用一雙纖纖柔柔的玉手，抓住了他後頸和右脅下最重要的兩處穴道。

丁丁這一生中，也像是別的男孩一樣，也作過無數的夢。

只不過，就算在他最荒唐離奇的夢中，也不會夢想到這種事發生。

直到他倒下去時，他還不能相信。

他倒在一株仙人掌的前面，這株仙人掌在一坯黃土前，就好像是這個墳墓的墓碑。

四

新墳、墓碑，仙人掌，仙人掌花，仙人掌尖針般的刺，一種尖針般的刀法。

這個靜臥在墳墓中的人是誰？是誰埋葬了他？爲什麼要用一株仙人掌做他的墓碑？丁丁在

恍恍惚惚之中，彷彿已經捕捉到一點光影，可是光影瞬即消失。

因爲他已經看到一雙漆黑的眸子在盯著他，他從未想到過，在這麼一雙美麗的眼睛中，竟然會充滿了這麼多的怨毒與仇恨。

她爲什麼要恨我？怨得那麼深？

丁丁又想起了馬廄前那一道還沒修好的欄杆，那個還沒修好的地窖，也想起了即將到來的寒冷寂寞的冬天。

他不懂。

他實在不懂這個總是對他帶著一種淡淡的情愁，就彷彿鄉愁那麼淡的情愁的女人，爲什麼會這樣對付他？

可是在他的記憶深處，他已經想起了一個人，一個男人。

刀法的路，本來是縱橫開闊的，這個人的刀法卻尖銳如針，就好像是仙人掌的尖針。

他拚命想去憶起這個人的名字，她已經先說了出來。

仙人掌上的刀。

刀如針，命飄零。

散不完的刀光，數不盡的刀魂。

江湖中人，只要聽到這首沉鬱哀傷的小曲，就知道它是說誰了。

五

長鞭飛捲，田靈子旋轉著從半空中落下去時，牧羊兒還坐在那堆已經快熄滅的火燄後，看起來就像是個無依無靠的孩子。

他的一條右腿已經斷了，從膝蓋上被人一刀削斷。

丁丁一刀削出，不但斬斷了軒轅開山的頭顱，也削斷了牧羊兒的腿。

田靈子掙脫了鞭梢，瞪著牧羊兒。

「你這是什麼意思？你應該知道你的鞭子不是用來對付我的。」

「我不是在對付你，我是在救你。」他好像真的很誠懇的說：「你在那個人面前，連一點希望都沒有，我實在不想眼看你去送死。」

田靈子冷笑：「你真有這麼好的心？」

牧羊兒反問：「剛才你有沒有看清楚他出手的那一刀？我敢保證，你絕沒有看清楚。」

「是嗎？」

「我也敢保證，江湖中能看清他那一刀出手的人，已經不多了，能擋住他那一刀的人也許連一個都沒有。」

他看著自己已經止住血的斷腿，嘆了口氣：「連我都擋不住，還有誰能擋得住？」

田靈子瞪著他冷笑：「你以爲你是誰？你以爲你擋不住，別人就擋不住？」

牧羊兒靜靜的看著她，臉上又漸漸露出了笑容。

「你以爲我是誰，你是不是以爲我現在已經不行了？」他的笑容又恢復了片刻前那種邪惡和詭異：「只要我高興，現在我還是隨時可以剝光你的衣服，把你吊起來。隨便我怎樣對你，你還是完全沒有反抗的力量。」

看著他的笑，田靈子只覺得全身上下的雞皮疙瘩都冒了起來，就好像真的已經被赤裸裸的吊在樹上。

所以等到牧羊兒問她：「你信不信？」的時候，她居然不由自主的點了點頭。

「那麼你也就應該相信，剛才若非是我救了你，現在你已經是個死人了。」

田靈子又不由自主的點頭，牧羊兒又盯著她看了很久：「那麼你準備怎麼樣報答我呢？」

他笑得更邪，田靈子手足冰冷，只覺得平生都沒有這麼害怕過。

「可是……可是我也並不是完全沒有機會的。」她掙扎著說。

「你有什麼機會？」

「那時候他懷裡抱著個女人，我看得出他對那個女人很好，我如果全力去刺殺那個女人，他一定會不顧一切的去救她。」田靈子說：「一個人若是對另外一個人太關心，就難免會把自己的弱點顯露出來。」

「所以你就認爲已經有機會可以殺了他？」

田靈子很肯定的說：「我不但有機會，而且機會很大。」

這句話還沒說完，她的胸膛已經被重重的抽了一下，雖然還不能算太重，卻已經痛得她全身都流了冷汗。極端的痛苦中，卻又帶著種連她自己都無法解釋的快感，這種感覺，使得她全身都開始不停的顫抖。

她用雙手抱著她的胸，喘息著問：「你這個王八蛋，這是什麼意思？」

「我的意思只不過要給你一點小小的教訓而已。」牧羊兒冷冷的說：「第一，剛剛那個人就算懷裡抱著八個女人，就算那八個女人都是他愛得要死的初戀情人，你手裡就算有十六把劍，就算能夠使出你爸爸媽媽你六個丈夫的所有絕招，你還是沒有辦法傷得了她們的毫髮，那小子還是可以一刀要你的命。」

牧羊兒說：「等他刀鋒劃過你脖子的時候，你甚至還會覺得很舒服涼快，等你的腦袋從脖子上掉下來的時候，你的眼睛甚至還可以看到自己的腳。」

他問田靈子：「你信不信？」

田靈子知道牧羊兒絕不是一個會替別人吹牛的人，實在不能不相信他的話。

可是她又實在不能相信，人世間會有這麼快的刀法。

牧羊兒故意停頓了半天，好讓她加深對這句話的印象，然後才悠悠的接著說：「第二，幸好你殺不了他懷抱中那個女人，否則你就更該死了。」

「爲什麼？」田靈子忍不住問。

「因爲那個女人就是出動了江湖中三大令牌，讓你不能不受命，又把一萬兩紫磨金子存到你開設在山西太原府那個秘密票號裡去，讓你不得不動心的人。」

牧羊兒很安靜的說：「你就是爲了她，才不遠千里，在九月月圓前趕到這裡來爲她殺人。」

田靈子愣住。

像她這麼樣一個女人，居然也會愣住，實在是件很不平常的事，甚至連她的聲音都已嘶啞，要過很久才說得出話。

「難道她就是因夢娘？」

「她就是。」

「就是那個昔年號稱天下第一絕色，江湖中萬人傾倒，自己卻忽然消失不見的那個因夢娘？」

「是的。」牧羊兒說：「她就是。」

「剛才那個會用刀的年輕人是誰？」

「那個人姓丁，叫丁寧，據說是武林中百年難得一見的絕世奇才，刀法之快，據說已經可以直追昔年的傅紅雪。」

「不管怎麼樣，他的身分還是和因夢娘差得很遠，她爲什麼要殺他？」

「因爲昔日的因夢娘，就是今日的花夫人。」

「花夫人？」田靈子問：「哪一位花夫人？」

牧羊兒居然也用一種沉鬱哀傷的聲音曼曼而唱。

仙人掌上的刀。

刀如針，命飄零。

散不完的刀光，數不盡的刀魂。

「你說的是花錯？」

「是。」

「就是那個總認爲自己什麼事都做錯了的浪子花錯？」

「就是他，除了他還有誰？」

「最主要的，並不是他自己認爲他自己錯了，而是別的人都認爲他錯了，所以他想不錯都不行。」牧羊兒聲音裡居然也帶著一點感傷：「所以花錯既錯，因夢也就無夢。」

「因夢就是因爲嫁給了花錯，所以才忽然會自江湖中消聲匿跡？」

「對。」

「然後他們是不是就隱居在這附近？」

「對。」

牧羊兒說：「可是有一天，花錯出門去了，因夢就在家裡癡癡的等，等了兩年之後，花錯才回來。」牧羊兒的聲音忽然變得很奇怪：「只可惜，花錯回來的時候，一個人已經變成兩個人了。」

「這句話什麼意思？」田靈子很急切的問：「這句話的意思我實在不懂。」

火燄已經快熄滅了，牧羊兒的臉色看來更陰暗而詭異。

「那一天黃昏，她眼看著她的丈夫自遠處奔回，明明是個很完整的人，可是等她站起來想去迎接時，他的人忽然斷了，從腰際一斷爲二。他的上半身往後倒下去的時候，下半身的兩條腿還往前跑出了七步。」

田靈子的臉色發白。

「這是怎麼回事？我還是不懂。」

「你應該懂的。」牧羊兒說：「花錯知道他的妻子在等他，一心想回來見他的妻子一面，只可惜在他回家之前，他已經被人一刀腰斬。」

「他既然已經被人一刀腰斬，怎麼還能夠飛奔回來？」田靈子又問。

「這可能有兩種原因。」牧羊兒說：「第一，因爲他太想回來看他的妻子，這種情感已經不是常理所能解釋的情感，激發了他生命中最後的一點潛力一直支持著他，讓他能看到他的妻子最後一面。」

這是種多麼偉大的情感，可是已經嫁過六次的田靈子並沒有因此而感動。

她只急著問：「你說的第二點是什麼？」

牧羊兒的聲音彷彿也變得有些嘶啞：「那就是因爲殺他的人刀法太快！」

一陣風吹過，火光忽然熄滅，天地間一片黑暗。田靈子的額角鼻尖和掌心都已經冒出了冷汗。

她忽然想起了剛才丁寧在軒轅開山脖子上留下的那一刀，只有那樣的刀法，才能造成這種結果。只有那麼長久的寂寞和那麼深的感情，才能讓因夢付出這麼大的代價，換取殺死她丈夫的仇人的性命。

現在，她居然被抱在她仇人的懷抱中，爲的是什麼呢？

牧羊兒淡淡的問田靈子：「現在你是不是已經完全明白我的意思了？」

「是的，我已經完全明白了。」田靈子也用同樣冷淡的聲音：「現在要殺丁寧，已經根本用不著我們出手。」

六

墳前的仙人掌，已經被風砂和黃土染成一種乾血般的暗褐色。

因夢用一塊雪白的絲巾擦拭它，她的動作仔細、緩慢而溫柔，就像是一個充滿了愛心的母親在擦拭她的初生嬰兒。

直到仙人掌上的黃砂褪盡，又恢復它的蒼翠碧綠，她才回過頭凝視著倒在地上的丁丁，明媚的眼睛裡立刻變得充滿仇恨怨毒。

「我想你現在一定知道我是誰了。」她說：「我就是花錯的妻子，爲了逃避你們的追殺，我們才躲到這裡來，可是我的丈夫不願意在這裡躲一輩子，他一向是個驕傲的人，所以他一定要去學一種可以對抗你們的刀法，免得讓我也委委屈屈的在這裡陪他度過一生。」

因夢說：「爲了我，他非走不可，爲了他，我只好讓他走，就在那棟小屋裡，我等了他兩年，我知道他一定會回來。」

丁丁只有聽著，什麼話都不能說，他的嘴唇已痲木僵硬，連一個字都說不出。

「他答應過我，不管在任何情形之下都會趕回來見我最後一面。」因夢的聲音沙啞：「我當然相信他的話，江湖中從未有人懷疑過他的諾言，兩年後他果然回來了，果然看了我最後一眼，想不到就在那一瞬間，我們就已天人永隔，永遠不能再見。」

她沒有流淚，流淚的時候已經過去，現在是復仇的時候了。

「我不知道殺他的人是誰，也想不出人世間有誰能使出那些可怕的方法，我只聽到遠方有人說……」

鮮血從花錯忽然一折爲二的腰身裡噴出來時，她忽然聽見有人在說：

「花錯，如果你還能僥倖不死，今年我就放過了你，而且還會再給你一次機會，明年九月月圓時，我還會來這裡等你。」

聲音飄忽而輕細，有時候聽來就好像是從天畔那一輪血紅的落日中傳過來的，有時候聽起來又像是一個人在他耳邊低語。

「所以我知道你今年一定會來，想不到你還未到九月就來了。」因夢說：「看到你揮斧劈柴的手法，我本來已經懷疑是你，看到你這麼年輕、這麼簡樸，我又不能確定了。」

她的聲音更黯淡：「那時候我甚至在暗中希望你不是那個人，現在我卻不能放過你。」

丁丁的額上已現出青筋，青筋在跳動，他的眼睛卻已閉起。

「只不過現在我還不想殺你，我要讓你慢慢的死。」她一個字一個字的接著說：「因為我要讓你知道，活著有時遠比死更痛苦。」

於是從這一刹那間開始，他和她以及其他許許多多人，都要開始去經歷一段沒有人能夠猜測到結果的生死遊戲。

第二部 因夢

她告訴他們：「你們都虧欠過我，現在已經到你們償還的時候了。」

一 侯門重重深幾許

一

石階低而斜，健馬可以直馳而上，兩旁還有四列可容雙車並駛的車道。

一百零八級石階的盡頭，是一道寬一丈八尺的紫銅大門，門上銅環巨獸，莊嚴猙獰。兩旁一十八條彪形大漢，著甲冑，執長戟，佩腰刀，懸箭壺，石人般雁翅分列。看起來就算有蒼蠅停在鼻子上，他們也不會伸手去趕，就算有毒蛇纏身，他們也不會動，就算有玉女赤裸經過，他們的目光也不多霎一霎。

這是什麼人的府邸，門禁爲何如此森嚴？

其實這附近方圓百丈之內都杳無人蹤，非但沒有纏身的毒蛇，更不會有赤裸的美女，甚至連蒼蠅都飛不進來。

沒有經過特別的准許，如果有人想走近這棟巨宅，那麼恐怕只有靠奇蹟了。

奇蹟偶爾也會發生的，而且就發生在這一天。

二

九月二十九，大凶，諸事不宜。

九月二十九，晴，艷陽天，秋風柔，氣高爽，沒有翻過黃曆的人，誰也想不到這會是一個諸事不宜的大凶之日。

長街上，紫銅大門外的禁衛們，身子雖然一動也不動，腦筋卻一直不停的在動。輪值的時間已經快過去了，散值後應該怎麼樣去弄一點銀錢，找幾個朋友，到什麼地方去找點樂子？回去怎麼去騙他的老婆？

就在這時候，他們忽然看見一件奇蹟發生，讓他們幾乎不能相信自己的眼睛。

這條平時幾乎從來少見人跡的青石板大街上，此刻居然有一頂青衣小轎出現，抬轎的兩條青衣大漢，奔跑的速度，幾乎就像是兩匹青驄馬一樣，抬著這頂轎飛奔而來，彷彿已忘了未經特別准許進入這禁區的人，一律就地格殺勿論。

眨眼間這頂青衣小轎就已衝上長階，前面的轎夫膝半屈，後面的轎夫背微舉，小轎仍然平穩如靜水。

一百零八級石階，在一瞬間就上去了，也就在這一瞬間，雁翅般兩旁分列的衛士，已將小轎包圍，長戟已將刺出，腰刀已將出鞘，壺箭已將上弦。重重深鎖的紫銅大門裡，彷彿已經可以聽見一陣低而快速的腳步奔跑聲，寒如秋風的殺氣，立刻已籠罩在紫銅門和白石階前，甚至連還沒有出鞘的刀鋒裡都已有了殺機，每一隻握住刀柄的手裡，都握住了滿把冷汗。

誰也不知道這頂小轎怎麼敢闖到這裡來。

只有一雙手是乾燥的，乾燥而鎮定。鎮定而優美，優美如蘭花，鎮定如幽谷。

就在他們劍拔弩張、殺氣騰騰圍住這頂小轎時，居然就有這麼樣一雙手，從小轎的垂簾中伸了出來。

這隻手就好像是用一種很奇怪的透明的白玉雕成的，在她的無名指上，懸著一枚用黑絲線吊著的玉牌，玉牌上雕著種很奇特的花紋，彷彿是仙，彷彿是獸，彷彿是魔，彷彿是鬼，彷彿是神，又彷彿什麼都不是。

這種花紋看來看去就只像一樣東西。

——它只像這道紫銅大門上的環柄，莊嚴卻又猙獰。

三

有一丈八尺寬，也有一丈八尺高的紫銅大門忽然開了。

青衣小轎中的玉牌現出，驚駭莫名的衛士奔入，片刻之後銅門就開了。

開的不是一道門。

紫獸銅環，侯門重重，一重又一重，重重次第開，衛士千千人，人人避道立。

小轎直入，也不知落在第幾重。

二 雅座

一

慕容秋水，男，二十六歲，未婚，世襲一等威靈侯。精劍擊，有海量。別人在背地都稱他爲京都第一花花公子。

他聽見了之後，非但連一點生氣的意思都沒有，反而好像覺得很高興。

「三代爲官，才懂得穿衣吃飯。」他說：「要作一個第一號的花花公子，可不是人人都能做得到的。」

雖然還沒有到冬天，暖閣中已經升起了火，四面的窗戶都關得嚴嚴的，連一絲風都吹不進來。

慕容秋水不喜歡吹風。

「有的人能吹風，有的人不能。」他說：「我就是個天生不能吹風的人，老天給我這一身皮膚就是不讓我吹風的，那些好風都留給別人去吹吧！我最好還是待在屋子裡，喝一盅醇酒，唱一曲新詞，讓一個漂漂亮亮的小女孩，把一瓣剛剝好的橘子，灑上一點潔白勝雪的吳鹽，餵到我的嘴巴裡去，這樣子我才會活得長一些。」

這些都是慕容小侯的名言，沒有人懷疑過他的話，因爲他的確天生就是這樣一個人。老天爺生下他，好像就是爲了要他來享受這人世間種種醇酒美人，榮華富貴，他天生就好像要比別人的運氣好得多。

二

銅爐上煨著一鍋桂花蓮子白果粥，清香瀰漫了暖閣。

慕容秋水瀟瀟灑灑的穿件純絲的長袍，赤著腳站在波斯國王送給他的羊毛地毯上，慢慢的啜飲著一杯琥珀色的葡萄酒，神思卻已飛回到四年前一個美麗的仲夏之夜。

那一天晚上是他永遠都忘不了的。

他永遠也忘不了，那個獨自泛舟在粼粼綠波上，謎一樣的白色女人。

他當然更忘不了那一夜的繾綣纏綿，萬種柔情。

只可惜他醒來時，她已經走了。就像是一場夢一樣消失在他的心目中，帶走了他貼身的一塊玉牌，卻留給他無窮的思念。

暖閣外的小院中響起了細碎的腳步聲，秋風中的梧桐彷彿在低訴相思。

慕容秋水坐下來，坐在琴案前，「琤琮」一聲，清音出戶。暖閣的門開了，一個美如幽靈般的白色女人，隨著門外的秋風飄了進來。

——就是她，她果然又出現了。

慕容秋水故意不去看她，可是心弦卻已像琴弦一樣不停的顫動。

——偶然相逢，偶然相聚，聚散之間原本如夢。

因夢，因夢。

她也替自己用桌上的水晶夜光杯，倒了一杯波斯葡萄酒，靜靜的看著他。聽著他彈，聽著他唱。

——人世間萬事萬物，皆因夢而生，因夢而滅，夢如何？

「琤」的一聲，琴弦忽然斷了，琴聲驟絕，滿室寂寞。

過了很久很久，他才抬起頭看看她。

「是你？是你來了。」他說。

「當然是我，當然是我來了。」

「可是我記得你已經走了。」

他說：「我記得你走的時候，好像連一個字都沒有留，一句話都沒有說。」

「既然要走，還有什麼可說？」

慕容秋水好像要把自己的眼睛變成一把刀，直刺入她的心。

「既然已走，又何必要再來？」他問因夢。

「因爲一句話。」

「什麼話？」

「我還記得你曾經答應過我，以後只要我有事要來找你，你一定會爲我做。」因夢問慕容：「你還記不記得？」

慕容秋水當然記得。

那一次他偶然遊西湖，偶然遇見了她，偶然相聚。雖僅一夕，這一夕間卻有情無數夢無數愁無數。

「我記得。」他說：「我對你說過的每一句話，我都記得。」

「你是不是也說過，一個人如果答應了別人一件事，就好像欠下了一筆債？」她問慕容秋水。

「是的。」

「我記得你說過的話，我也相信，所以今天我才會來。」

慕容秋水用刀鋒的眼睛瞪著她：「你今天是要我來還債的？」

她的回答簡單而直接。

「是。」

「你要我怎麼還？」

「我曾經聽說這個世界上最黑暗最可怕的地方，就是一個叫做『雅座』的小屋。」

慕容秋水笑了。

「雅座？雅座怎麼會是黑暗恐怖的地方？有時候我也會到飯館酒樓去，我坐的就是雅座。」他說：「據我所知，雅座通常都是爲貴賓貴客準備的地方。」

因夢看著他，看了很久，才輕輕的嘆了口氣。

「你什麼時候開始學會騙人？」她說：「據我所知，像你這樣的貴公子，通常都不屑於騙人的。」

慕容秋水的笑容彷彿已經開始變得有點勉強：「難道你說的雅座還有什麼別的意思？」她直視著他。

「你應該知道的，在刑部大牢某一個最幽秘陰暗的角落裡，有三、兩間很特別的雅室，是特別爲了招待像你這樣的大人物請去的貴賓貴客而準備的。」

「哦？」

「我也知道你們特別派到那裡去接待賓客的韋好客先生，實在是好客極了，他接待客人的方法，常常令人連作夢都想不到。」

「哦？」

「據說，有一位已經練成金鐘罩鐵布衫十三太保橫練的江湖好漢，到你們的雅座去作客三天後，出來的時候，想爬到他最喜歡的女人身上去都爬不上去。」

慕容秋水嘆了口氣：「看起來你知道的事還真不少。」

他說：「但是我卻不知道，你這次來找我，是想要我把一位貴賓從雅座中請出來呢？還是要我替你把一位貴賓送到雅座裡去？」

因夢眼睛立刻又充滿怨毒。

「有一個人現在我還不想要他死，我至少也要讓他再多活兩年七個月一十三天。」

她忽然俯下身，握住慕容秋水的手：「你一定要答應我，這一段日子一定要在雅座裡好好的款待他，讓他每天都想死，卻又死不了。」

慕容秋水靜靜的看著他面前的這個女人，很仔細的看著她表情中每一個變化，過了很久才問：「這個人是誰？為什麼如此恨他？」他的聲音帶著種很難捕捉到的譏誚之意，淡淡的接著問：「其實你不說我也知道。」

「知道什麼？」

「花錯。」慕容秋水說：「你這麼樣做，當然是為了花錯。」

因夢的手忽然握緊，甚至連指節都已因用力而發白。

「花錯？」她的眼睛直盯著他：「你怎麼會知道花錯？」

慕容秋水臉上忽然露出一種很孩子氣的笑容：「我怎麼會不知道花錯？我從小就是個壞孩子，他甚至比我還壞。我相信這個世界上恐怕再也沒有人比我再瞭解他了，如果不是為了他那種男人，你怎麼捨得放棄我？」

三

花錯，男，二十九歲，寬肩、細腰、窄臀。一雙眼睛看起來就好像是碧綠色的，彷彿是翡翠沉入海底時那種顏色，一張臉卻蒼白如雪。

所以有人說他是胡人，是波斯胡賈到中土來販賣珠寶緞綢時所遺下的後代。被他修理過的仇人甚至說他只不過是一個廉價娼妓生下來的雜種。

對於這種種傳說，花錯完全不在乎。可是有一點是讓他不能否認的，他一生下來就錯了。

第一錯，就錯在他根本不應該錯活到這個世界上來。

他根本就不知道他的父母是誰？他從來也沒有看見過他們，甚至連他們的姓名都不知道。他只知道，他認識的第一個人就是他的乾媽。

那時候他不到三歲。

第二錯，是錯在他根本就不應該有這麼樣的一個乾媽。

他的乾媽，長大，白皙，冶艷，明媚，雙腿修長，雙眼明亮。是一個江淮鹽運道的遺孀，所以也就順理成章的成了一個家資鉅萬的寡婦。據說她每天吃的菜單裡，都有一味是炒金絲雀的舌。

花錯從來也不知道，他是怎麼會被這家人收養的？他只知道他在十四歲的時候，就已經不是個小孩了。

以後他錯得更多，愈錯愈深，對女人卻愈來愈有經驗。

到了他十七歲的時候，已經是一個非常有名的浪子。

一個浪子的聲名，常常都會換取到很多極不平凡的經驗。

一個有名的浪子所累積到的經驗，能夠換取到的代價就不是別人所能想像得到的了。

所以花錯在未滿二十歲之前，就已經成爲江湖中所有富孀貴婦和一些寂寞的名女人們追逐的對象。

所以花錯越來越錯，因爲他身不由己。

金錢、名望、享受、慾情，他都可以抗拒。可是如果有人要用一種很隱密的武功絕技來交換他的服務，他就傻了。

尤其是刀法。

他從小就喜歡刀，也許是因爲刀是和他生活的階級層次是密密相關的。

花錯從小就希望他的掌中能夠握有一柄無堅不摧天下無雙的快刀。

花錯最錯的就是這一點，因爲世上根本就沒有一把這麼樣的刀。

——「無敵」這兩個字根本就不存在，那只不過是某些自大狂妄的人，心裡的一種幻覺，他們遲早都必將死在自己的這種幻覺中。

花錯也不例外。

他拚命要去找這根本不存在的刀，不辭辛勞，不擇手段，不顧一切。

在江湖中他得罪過了的人，甚至已經不比想跟他上床的女人少。

因夢是在「雪邨」認得他的，雪邨是一大片美透了的庭園，也是花雪夫人無數產業中之一。

花雪夫人當然就是花錯的乾媽。

她曾經警告過因夢：「我喜歡你，你是個迷死人的小女孩，可是我勸你現在還是趕快走的好。」

「爲什麼？」

「因爲我那個寶貝兒子就快要回來了，你最好還是不要見到他。」

「我爲什麼不能見他？」因夢帶著挑戰性的甜笑：「難道他會咬我一口？」

「他不會咬你，他只會把你連皮帶骨都吞下。」花雪夫人說：「你一定要相信我，這個野孩子天生就有一種吸引女孩子的魅力，甚至在他三歲的時候就已經顯露出來了。」

她明亮銳利的雙眼忽然變得非常溫柔。

「那時候他正在街上玩泥巴，正好擋住了我的路，我本來想一腳把這個髒孩子踢開的，可是他忽然抬起頭來對我笑了笑。」花雪夫人的聲音更溫柔：「就在那一瞬間，這個髒小孩身上的爛泥，好像一下子就忽然不見了，忽然就變成了一個可愛的白玉娃娃。」

「所以你立刻就決定收養他？」

「是的。」花雪夫人說：「對於這件事，我從來都沒有後悔過。」

「我做事也從來不會後悔的。」因夢說：「如果我遇到一個男人，不管他是誰，被吞下去的，通常都不會是我。」

她笑得極甜，可是她笑容中的挑戰之意卻更明顯、更強烈，因爲這時候她已經看見有一個男人走了過來。

一個高大、瘦削、挺拔的男人，輪廓分明的臉上，有一對貓一樣的綠眼，眼中也帶著種挑戰的意思在看著她。

就在他們互相微笑凝視的這一刹那，花雪夫人就已經發現悲劇要發生了。

這兩個人竟是如此相像，簡直可以說完全是同一類型的人，要避免這麼樣兩個人互相被對方吸引，簡直比要把一對連體嬰分割還要困難。

如果無法避免，那麼這兩個人又勢必要被他們的情慾所引起的火燄燃燒。

四

「是的！我是爲了花錯。」因夢說：「從我第一眼看到他開始，我就知道我這一生已經屬於他了，後來我才知道，當時他也有那種感覺。」

她的聲音彷彿來自遠方：「可是就在那一瞬間，我心裡也隱約有了一種不祥的預兆，當然我也說不出爲了什麼，後來我才發現我們的仇敵實在太多了，他的仇敵和我的仇敵。」

慕容秋水打斷她的話。

「你也會有仇敵？」他看著她，眼中帶笑：「我記得你一直都能把每個人都對付得很好的，不管男人女人都一樣。」

「可是我嫁給他以後就不一樣了。」因夢說：「這一點你該明白。」

「是的，我完全明白。」慕容輕嘆：「老實說，當我知道你們兩個人已經在一起的時候，甚至連我都有一點恨你。」

「現在呢?」因夢問他:「現在你是不是還有一點恨我?」

「現在沒有了,現在我好像已經什麼都沒有了,好像已經老得可以做祖父了。」慕容故意嘆著氣的說:「一個已經做了祖父的人,是不會再吃醋的。」

「你根本就不會吃醋的,沒有人會爲一個死人吃醋。」

慕容的眼睛睜大,瞳孔卻在收縮。

「難道花錯死了?」

「每個人都會死。」因夢的聲音冰冷:「花錯至少也是個人。」

「他怎麼死的?」

「死在刀下。」

慕容秋水黯然嘆息:「爲什麼喜歡刀的人,通常都會死在刀下?爲什麼讓你傷心的人總是你喜歡的人?」

「這大概是因爲只有你喜歡的人才能傷害到你。」因夢說。

這本來是一句非常令人傷感的話,可是慕容秋水聽到之後反而笑了,而且笑得很孩子氣。

「誰說你不喜歡的人就不能傷害你?」他問因夢:「難道你喜歡殺死花錯的那個人?難道他沒有傷害到你?」

他站起來,拍拍因夢的肩。

「你一定要記住，有些聽起來很有學問的話，其實全都是放屁，而且是很臭很臭的屁。」

慕容秋水說：「所以我們不如開始說一點比較實際的事。」

「什麼事？」

「如果我答應了你的要求，你準備怎麼樣來報答我？」

因夢開始遲疑，卻沒有逃避，因爲她知道這個問題是逃避不了的。

所以她挺起胸，直視慕容，一個字一個字的問：「你準備要我怎麼報答你？」

「我只要你的一句話。」

「一句什麼樣的話？」

「就是我曾經對你說過的那句話。」

「你是不是要我答應你，以後只要你有事來找我，我一定都要替你做？」

「是的。」慕容秋水說：「就是這樣子的。」

因夢看著他，眼中露出了一抹恐怖之意，但是很快就被仇恨與怨毒所代替。

「好，我答應你。」因夢說得非常肯定：「只要是我答應過別人的事，我也從來不會忘記的。」

「那就好極了。」

慕容秋水笑得非常愉快：「你要交給我的那位貴賓，現在在哪裡？」
因夢反問：「你要招待他的雅座，什麼時候才能準備好？」
「三天。」慕容秋水也說得很肯定：「最多只要三天。」
「你有把握？」
「我有。」慕容秋水說：「我們雅座的主人韋好客先生，一向是個辦事很快的人。」
「那就好極了。」
因夢喝乾了她杯中的酒：「三天之內，我就會把那位貴賓交給你。」
她已經站起來準備走出去，他卻又將她喚住。
「你那位貴賓叫什麼名字？」
「你用不著知道他的名字。」因夢說：「你只要記住，他是一位很特別的貴賓就夠了。」
她說：「我希望你也讓韋好客先生牢記在心。」

五

韋好客，男，三十一歲，未婚。面容清秀，手腳纖細如少女，駝背雞胸，身高不滿五尺，是一個讓人只要看過一眼後，就很不容易忘記的人。

他是淮南「鷹爪門」傳人中最成功的一個，武功和成就都最高，他的鷹爪功和七十二路小擒拿手，多年前就已被公認爲武林中的一絕。

他的手，看來雖然纖細柔弱，而且留著很長的指甲，可是只要他一出手，就會都變成了殺人的利器。

他吃素，絕對不沾葷腥，他用的廚子都是以前四大叢林中，最有名的香積廚。

戒絕煙酒，從來不賭，對於女人更沒有興趣，他認爲這個世界上沒有一個女人是乾淨的，他通常都把女人稱作「垃圾」。

但他卻偏偏又是一個非常講究享受的人，對於文字、訓詁和音律的造詣之深，甚至連翰林苑中都很少有人能比得上。

無論在什麼樣的標準之下，他絕對可以算是個怪物。

令人想不到的是，在這個怪物的心目中，也有一個他崇拜的偶像，他崇拜這個人，就好像一個多情的少女崇拜她夢中的白馬王子一樣。

這個人就是慕容秋水。

韋好客穿著他的一身在京城第一流裁縫那裡訂製的純黑絲衫，坐在位稱「天牢」的刑部大牢後一個陰暗的小院裡，坐在一張顏色已變得深褐的竹椅上。

已經將近是冬天了，深秋的晚風已經很冷。

韋好客不怕冷。

尤其是在此時此刻，他非但不覺得冷，反而覺得有一股熱意從他的心裡散開，散入四肢，散入指間，散入鼻端，散入眼中。

甚至連他的眼都已因熱而發紅。

每當他將要做一件他自己知道可以刺激他的事情時，他會感覺到他自己的身體裡有一股這種熱意升起。

今天他又有這種感覺，是因爲慕容秋水告訴他又有一位很特別的貴賓要來到他的雅座了。

就在這時候，她看見慕容秋水陪伴著一個面蒙黑紗的女人走了進來。

她的身材相當高，穿著件很長的黑色風衣，所以韋好客非但看不見她的臉，也看不見她身上任何其他部分，甚至連她的手都看不見。

但是他卻已感覺到她那種懾人的美麗。

她顯然也在黑紗後注視著她面前這個矮小而畸形的人。

韋好客知道，甚至可以想像到她在用一種什麼樣的眼光注視著他。

每個人第一次看見他的時候，都會用這種眼色看他的。——一個如此溫和善良的侏儒，爲什麼能讓江湖中最兇暴強悍的惡徒都對他如此懼怕？

這個問題也許只有他自己能夠回答，因爲只有他自己知道，他身體裡彷彿總會有一股惡魔般的力量催使著他，做出一些連他自己都想不到他會做出來的事，這種力量就彷彿是來自地獄某一種神秘的詛咒。

面蒙黑紗的女人當然就是因夢，一直等到她把他觀察得非常仔細後，慕容秋水才爲她引見。

「這位就是雅座的主人韋好客先生。」慕容秋水很高興的笑著說：「我可以保證他好客的聲名絕不假。」

韋好客也笑了，笑容謙卑而誠懇，在慕容秋水面前他總是這樣子的。

「我只不過盡力去做而已，只不過希望我的客人們能對我的服務滿意。」

慕容秋水大笑：「只可惜他們好像還是不太喜歡你。」

「韋先生。」

因夢冰冷的聲音像刀鋒般切斷了慕容秋水的笑：「我相信你現在一定已經知道：這裡又有一位貴賓要來了，而且恐怕會在這裡待很久。」

「是的。」韋好客說：「我知道。」

「我相信你一定也知道，這位客人是我請來的，我對他當然特別關心。」

「當然。」

「那麼我就想請教你幾件事了。」因夢問韋好客：「他到了這裡之後，有沒有機會逃出去？」

他答說：「大概沒有。」

韋好客的態度仍然同樣謙卑：「能夠被請到我這裡來的貴客，通常都是非常有身分、有地位的人，我在這裡已經有十一年了，被請來的貴客已經有一百三十多位，我可以保證如果我把他們任何一個人的名字說出來，都會在江湖中引起一場很不小的動亂。」

「他們有沒有人能逃得出去？」

「沒有。」韋好客微笑：「連一個都沒有。」

「如果他們想死呢？是不是能夠死得了？」

「夫人，你一定要相信我，死並不是一件很容易的事，越想要死的人，往往都越死不了。」

韋好客的笑容更溫和：「夫人，如果你要一個人在我的雅座裡待兩年七月零一十三天，我絕不會讓他少活一個時辰。」

「你保證？」

「是的。」

慕容秋水臉上又露出了他獨有的那種優雅的微笑：「你現在是不是已經對我們這位好客的主人完全滿意？」他問因夢。

「是的。」

「那麼你是不是已經可以把我們那位客人請進來了？」

「是。」

六

韋好客常常喜歡自己是個「沒有」的人，這個稱呼對他的確很適當，他確實可以稱爲一個「沒有」的人，因爲這個世界上大多數事情他都沒有。

他沒有父母，沒有妻子，沒有兄弟，沒有姐妹，也沒有朋友。

最主要的是他沒有情感，什麼樣的情感都沒有，當然更不會有同情和憐憫這一類的愛心。

可是，當他看到面蒙黑紗的女人帶來的這位貴客時，他心裡居然隱隱約約的感覺到可憐他。

這個人根本已經不能算是一個人，他的樣子看起來簡直比一堆垃圾還糟糕。

這個人是裝在一個帆布袋裡面，被人抬進來的。只看了他一眼之後，慕容秋水就已經轉過頭，不忍再看。

如果說韋好客是個「沒有」的人，那麼這個人就可以算爲一個「消失」的人了。

因爲他臉上有很多部分都已消失。

他的頭髮和眉毛都已被剃光，他眼睛已經變成了兩個微微突起的半圓體，上面只有一條縫，永遠都不會再張開的兩條縫。

他還有嘴唇，可是你如果扳開他的嘴，就會發現他的舌頭已經從他的嘴裡消失了。

韋好客沒有再看下去，轉過身向因夢很溫和有禮的鞠躬。

「夫人，請恕我直言。」

「什麼話？你說。」

「其實你根本不用把這位貴賓請到我這雅座裡來，你對他的招待和服務已經是夠周到了。」

因夢似乎完全沒有感覺到他話中那一抹幾乎可以算是很有風度的譏嘲之意，只是淡淡的說：「我承認你說的有理，我把他送到這裡，只不過因爲我根本沒法子招待他那麼久，而且我希望他在這裡能受到更好的待遇。」

「夫人，你知道我一定會盡力去做。」韋好客說：「還有一件事我也想請教夫人。」

「什麼事？」

「我看得出我們這位貴賓的臉已經被改造過，我已經有多年沒有看見過如此精密的手藝，我實在很想知道是哪一位大師的傑作？」

「你真的很想知道？」

「真的。」

因夢冷冷的說：「其實你不問也應該知道，除了諸葛大夫之外還有誰？」

慕容秋水霍然回頭，眼中帶著驚訝之色：「諸葛大夫？」他問因夢：「你說的是諸葛仙？」

「不錯，我說的就是他。」

慕容秋水笑了，微笑搖頭。

「對一個像你這麼高貴美麗的女士表示懷疑，實在是件很不禮貌的事，只可惜對你說的話，我想不懷疑都不行。」

「爲什麼？」

「因爲我很瞭解諸葛先生的爲人。」慕容秋水用非常厭惡的表情看了看那貴賓的臉：「像這一類的事，他大概是不會做的。」

因夢直視著他，眼色冰冷。

「我也很瞭解你的爲人，以你的身分和地位，本來也絕不會做我要你做的這一類事，只可惜你偏偏做了。」

她的聲音更冷，一個字一個字的接著說：「你們爲我做這一類的事，只因爲你們都虧欠過我，現在已經到了你們必須償還的時候了。」

七

夜已深。

站在窗前，面對窗外無邊無際的清冷和黑暗，因夢可以感覺到兩行比晚風更冷的眼淚，慢慢的流下面頰。

她知道她已經變了。

因爲她的心中已不再有愛與感激，只剩下索討與報復。

第三部　丁丁

他已經開始不能回憶，因為他不敢，只要一想起往事，他的心就開始像刀割般痛苦。可是他仍然發誓要活下去，不管要付出多大的代價，他都要活下去。

一　死黨

一

諸葛仙，男，三十七歲，武林第一神醫諸葛無死的獨生子，還不到二十歲的時候，就已經被天下江湖中人尊稱為諸葛大夫。

他的手指幾乎要比別人長一寸，而且感覺特別敏銳，閉著眼睛的時候，都能用手指的觸覺把一本宋版的木刻醫書上的每一個字都「讀」出來。

這雙手當然也很穩定，有人甚至說他可以用一把蟬翼般的薄刀，把一隻蚊子的每一個器官都完全支解分割，連蚊眼都不會破裂。

一個人要比一隻蚊子大多少倍？

對於人體上每一部份的結構，他當然更清楚得多，要支解分割一個人，當然更容易。

能支解，就能重組，能分割，就能縫合。

江湖中人大多數人都相信，如果你被人砍下了一條腿，只要你的腿還在，諸葛大夫就能把你這條腿接起來，如果你被人家砍掉一個鼻子，只要你能夠把你的鼻子帶到諸葛大夫那裡去，他就能夠讓你的鼻子重新長在你的臉上。

有關於諸葛大夫的種種傳說實在太多了，誰也不知道它的真假，唯一不容懷疑的是，諸葛仙這個人實在是一個不折不扣的傳奇人物。

二

丁丁最後一次看見因夢時，是在諸葛大夫那間精雅華美的書齋裡。

他認得諸葛仙，那時候他的眼睛還沒有被縫死，還能看見諸葛仙臉上驚恐的表情。

那時候因夢正在對諸葛仙說：「我要你把這個人的眼睛縫起來，把他的舌頭也縫死，讓他永遠再也看不見任何事，說不出一個字。」

「你瘋了。」諸葛大夫的聲音本來是非常優雅動聽的，現在卻已幾乎完全沙啞嘶裂：「你明明知道我不會做這種事，你爲什麼要我做？」

「因爲我相信你的這雙手，我也找不到第二個人能完成這樣一件精密複雜的工作。」

因夢嘴角帶著種奇特而冷淡的笑容：「最主要的一點是，我相信你一定會替我做。」

「爲什麼？」

「因爲這是你欠我的，一定要還，非還不可。」

諸葛大夫看著她，過了很久，才轉過身，從一個密封的銀筒裡，取出一個冰囊，用他那雙手指特別長的手，圍住這一囊庫藏已久的寒冰。

每當他忿怒激動時，他都會這樣做。直到他開始冷靜下來，他才問因夢：

「你爲什麼一定要逼我做這種事，爲什麼不索性把他的眼珠挖下，舌頭割下？」

「因爲我不想損傷到他任何一根神經，我要讓他全身上下每一個地方都完全保持清醒敏銳，我一定要讓他能完全領受到我將要加給他的每一分痛苦，一點都不要錯過。」

聽到她的話，丁丁的背脊就好像被一柄冰冷的尖刀割破。

——白色的小屋，簷下的風鈴，風鈴下那個溫柔、善良、寂寞的女人難道真的就是她？

不管怎麼樣，丁丁知道他恐怕從此再也看不見這個女人了，恐怕從此再也看不到任何人。

因爲他知道，對於她這樣的要求，諸葛大夫是絕對無法拒絕的。

三

「現下閣下已經是這裡的貴客了，我卻連閣下的名字都不知道，實在是件很遺憾的事。」韋好客很溫和的對丁丁說。

「剛才那位夫人並沒有說出閣下的名字，閣下自己當然也沒法子告訴我。」他嘆了口氣：「我看得出閣下現在非但已說不出話，連手腳都已軟癱無力，短時期大概是連一個字都寫不出來了。經過諸葛大夫的手術後，要想復原是非常困難的。」

他的聲音不但溫和，而且充滿了同情，如果看不見他的人，也不知道他的身分，無論誰都會認為他是個彬彬有禮的善良君子。

丁丁卻是例外。

現在他當然看不見韋好客，但是他對這個人的聲音卻熟悉極了，就好像他熟悉慕容秋水的聲音一樣。

他真想大聲嘶喊，告訴他們。

「我就是丁丁，你們怎麼會認不出我了？為什麼要這樣子對我？」

只可惜他用盡了全身力量，卻連一個字都說不出。

他甚至連眼淚都流不出來。

無邊無際的黑暗，無窮無盡的苦難和折磨，美好的生命，忽然變成了一場永遠不會醒過來的噩夢。

丁丁自己也不知道自己怎麼會忽然落入這種悲慘的命運中。

主宰他命運的人，赫然竟是他童年的玩伴，昔日的好友，如果他有法子能告訴他們他是誰，他們絕不會再讓他受到這種非人所能忍受的痛苦。

只可惜他連一點法子都沒有，他連死都死不了。

漸漸的他連想都不敢去想，非但不敢去想未來，也不敢回想往事，只要一開始思想，他的人就會像刀割般痛苦。

能夠活下去的希望實在是太渺茫了，生存的勇氣和決心，也因爲諸般苦難而變得越來越微弱。

但是他仍然發誓要活下去。

不管要付出多大的代價，他都要活下去，就算是每天只靠別人餵他三頓漿糊般的菜粥，他也要活下去，他絕不讓自己像臭鼠一樣爛死在這裡。

就算要死，他也要死得莊嚴英勇。

漸漸的，丁丁對周圍的一切聲音都熟悉了，韋好客、慕容秋水、因夢、巡夜和送飯的獄卒。連他們的腳步聲，他都已經能夠分辨得出。

因夢居然不時還來看他，無疑是要確定這裡的招待，已經在他身上造成了什麼樣的變化？她顯然覺得很滿意，因爲有一天丁丁聽見她對韋好客說：「我記得他到這裡來才只不過七十一天而已，你們就好像把他變成另外一個人了。韋先生，我不得不說，你們這裡招待客人的方法實在是好極了。」

在這一片死黑中，要計算時日本來是幾乎完全不可能的，可是從那一天之後，他就用自己的方法開始計算。

開始計算自己的呼吸。

用一種他從惡臭的空氣中訓練出的秘密方法來呼吸，爲了讓他保持敏銳的感覺來接受痛苦，因夢並沒有損傷到他的呼吸系統，爲了讓他還能吃下他僅能維生的食物，他們才沒有封死他的嘴。

對於這一點，丁丁實在感激至極，因爲他們總算給他留下了一點機會。

每天都要經過照例的酷刑之後，才有一碗菜粥可吃。

這碗粥有時滾燙，有時冰冷，有時冷得他全身發抖，有時燙得他滿嘴水泡。餵他粥的獄卒完全死人不管，只管用一把缺口的湯匙，把滿滿一匙粥塞進他嘴裡。

這一碗粥就是僅夠維持他延續生命的糧食，他計算過一碗粥只有十三湯匙。

爲了讓他活下去，這十三湯匙粥總是不會少的。

可是有一天，他只吃了三匙，因爲那天的粥實在太燙了。連獄卒都拿不住，把粥碗和湯匙一起跌在地上摔破了。

聽到湯匙裂的聲音，丁丁的心立刻因興奮而抽緊，因爲這就是他已等待多時的機會，甚至可能是他唯一的一次機會，他絕不能讓它錯過。

獄卒的咒罵聲和腳步聲都已經去遠了，又過了很久，丁丁的心跳才恢復正常，他也不知道自己已經有多久未曾如此興奮過，他只是在心裡不停的告訴自己：「我一定要找到，我一定要找到。」

——他要找的是什麼？

他要找的竟然只不過是那些湯匙的碎片而已，在別人來說，這實在是件再容易不過的事，對他來說，卻宛如苦刑。

他的雙眼已盲，四肢已軟癱，一定要先翻個身，再用他的嘴去摸索，把地上的碎片用嘴啣起來。

他斷斷續續的用了七、八個時辰，才完成了這件事。

等到他確定四下沒有人聲的時候，他才能用牙齒咬著這些碎片，在牆上畫出一些連他自己都不知道別人是否能分辨得出的模糊字跡。

剩下來的事，就只有靠老天幫忙了，因爲他最多也只能做到這一點。

他已盡了全力。

四

丁丁在牆上畫的一共只有三個字，翻來覆去都只有這三個字。

「班沙克。」

這三個字是什麼意思？這三個字看起來簡直連一點意義都沒有，丁丁爲什麼要把它看作唯一能夠讓自己活下去的機會？

二　神秘的「班沙克」

一

慕容秋水是個生活習慣很不正常的人，一向睡得很晚，起得很遲，他總認為睡眠是一種浪費，不到萬不得已時，他是絕不肯上床的，就算上了床，也不一定是為了要睡覺。

「在床上也有很多事可做，看書、打譜、填詞、喝酒、吃零食、想心事、看漂亮的女孩、吃她們的胭脂，這些都可以在床上做的事，睡覺只不過是其中最無趣的一件事而已。」這也是慕容秋水的名言之一。

可是這一天晚上實在太冷，這麼冷的寒夜，只有躺在被窩裡最舒服，一躺進溫暖的被窩裡，想要不睡著就很困難了。

所以這天晚上連慕容秋水都已睡著。

他是被一陣很輕微的腳步聲驚醒的，如此深夜居然有人能穿過他府邸中的二十一道警衛暗卡，走近他的寢室，而且居然敢故意讓他聽見腳步聲，這個人是誰？誰有這麼大的能耐？誰有這麼大的膽子？

慕容秋水嘆了口氣，把身邊那個頭髮比黑漆還黑，皮膚卻比白雪還白的小女孩藏到自己的脅窩裡，然後才半支起身子，隔著錦帳往外問。

「韋先生，韋大老爺，你既然來了，爲什麼不乾脆推門走進來？難道你還想要我起來爲你開門？難道你想活活的把我凍死？」

二

門開了，進來的果然是韋好客先生，除了他之外，沒有人能在這時候走近慕容秋水的寢室，更莫說推開這扇門。

韋好客的臉色慘白，好像已經快被凍僵了，一件價值千金的紫貂斗篷上，已結滿了冰屑子。

慕容秋水用一種既驚訝又好奇的眼色看著他。

「我知道你沒有喝醉，因爲你從來都不喝酒的，你看起來也不像是發了瘋的樣子，所以我實在覺得很奇怪，你爲什麼會在這種時候闖到這裡來？」

他故意對韋好客獰笑：「我希望你有一個很好的解釋，否則我不剝了你的皮，把你赤條條的扔到陰溝裡去才怪。」

對於我們這位慕容公子這種很不尋常的幽默感，韋好客先生一向是非常欣賞的，今天卻是例外。

一向很不容易被激動的韋先生，今天眼中卻充滿了驚慌與恐懼，他看著慕容秋水的時候，甚至連眼角的肌肉都在跳動。

「班沙克。」

他只對慕容說出了這三個字。

班沙克，究竟是什麼意思？爲什麼能讓一向冷靜如刀的韋好客如此驚慌恐懼？

三

丁丁躺在冰冷的石板上，完全放鬆了自己。

到這裡來了大概有一百一十天左右，這是他第一次完全把自己放鬆，因爲他已在無邊無際的黑暗中，捕捉到一線光明和希望。

他確信韋好客已經看到了他畫在石壁上那些字，因爲那一天韋好客走進這間牢房時，呼吸立刻變得非常急促，忽然像是被人砍了一刀一樣，匆匆的走了出去。

班沙克，他當然已完全瞭解了它的意義。

這個世界上只有四個人知道這三個字的秘密，韋好客就是其中之一。

丁丁確信他看到了這三個字之後，一定會爲他去做一些事的，而且一定會去找慕容秋水。

四

「班沙克。」慕容秋水喃喃的說：「我的確有好久沒有聽到這三個字了。」

他看著韋好客，眼中又露出了他獨有的那種孩子氣的詭笑：「可是你三更半夜闖到我這裡來，總不會只爲了要告訴我這三個字吧？」

韋好客的表情卻很嚴肅。

「我還要問你，你還記不記得這三個字是什麼意思？」

「我怎麼會忘記？」

慕容秋水吃吃的笑了：「就算等到我老掉牙的時候，我也不會忘記那天晚上……」

韋好客很快的打斷了他的話，好像決心不讓他說出那天晚上的事：「你當然也應該知道，這個世界上現在還有多少人明白這三個字的意思。」

慕容秋水眼中的詭笑忽然又變成一抹懷舊的感傷。

「本來有五個人的，後來變成了四個，現在恐怕只剩下三個了。」他問韋好客：「事隔多年，你爲什麼忽然又提起這三個字？」

「因爲我今天又看見這三個字了。」

「在什麼地方看到的？」

「就在我最特別的那間雅座的牆上，而且是你請來的那位貴賓用牙咬著一個湯匙的碎片畫上去的。」

慕容秋水一下子就從床上坐了起來，吃驚的看著韋好客。

「他怎麼會知道這三個字的？難道因夢娘送來的那位貴賓就是……？」

這一次沒有人打斷他的話，而是他自己接著說下去，他的眼中竟彷彿忽然湧出一種說不出的恐怖之意。

韋好客眼中的神情也和他差不多。

因爲他們心裡都已經明白，雅座裡的那位貴賓是什麼人了。

那個人本來是他們在這個世界上僅存的最親密的朋友，也是除了他們之外，唯一知道「班沙克」這秘密的人。

開始的時候，這個秘密只不過是個笑話而已。

這個笑話是從那天晚上開始的。

五

那天晚上月黑風高，四個膽大妄爲的年輕人，偷偷的溜進了城內某一個王府的後園。這個地方在京城內一些富貴子弟的傳說中，簡直就好像神話中的天堂一樣。

據說這裡有王爺從各地搜集來的美酒、美食和美人，不但有波斯葡萄酒和鮭魚醬，還有頭髮如黃金，眼睛如翡翠的絕色美人。

這些富貴子弟們全都年輕而熱情，全都喜歡刺激和冒險，全都想趁王爺陪官家出去巡狩打獵的時候，偷偷的闖到這裡來安慰安慰這些寂寞的美女，只可惜他們既沒有這四個人的膽量，也沒有這四個人的本領。

那天晚上真是荒唐，一間鋪滿了毛皮的暖屋，一大堆多數人一生中從未夢想過能享受到的酒食，四個十來歲的大男孩，用他們年輕的熱情征服了一屋子寂寞而又飢渴的美女。

其中最美麗的一個叫作葛蕾絲，金髮碧眼，修長的腿，纖細的腰肢，皮膚晶瑩如白玉。

據說是從一個比天邊還要遙遠的國度中來的，是王爺用兩斛明珠換來的。她的腰肢和舌尖都好像蛇一樣的靈活，王爺付出的代價絕對值得。

葛蕾絲喜歡笑，不管你碰到她身體上任何一個部位，她都會吃吃的笑個不停，笑聲如銀鈴。

「班沙克，你們這些小鬼簡直是一群班沙克。」她指著這些大男孩其中一個最瘦小而且畸形的一個說：「尤其是你，你是一個超級的大班沙克。」

這個男孩忍不住要帶著一點自卑問她：「為什麼我是超級的？」

「因為你只會咬人。」女孩子吃吃的笑著說：「除了咬人之外，你什麼都不會。」

別的男孩也笑得在地上打滾，笑夠了之後才問。

「班沙克是什麼意思？」

「在我們那裡的語言中，『班』的意思就是大，『沙克』的意思就是一種魚。」葛蕾絲說：「一種會吃人的魚，也就是你們說的鯊魚。」

她又說：「這種魚在吃人的時候，總會咧開牠的大嘴，看起來就好像是在笑一樣。」

她看著他們：「這種大鯊魚，要吃人的時候，簡直就跟你們現在這個樣子差不多。」

於是大家終於明白「班沙克」的意思就是大鯊魚。

於是，從此以後「班沙克」這三個字就成為他們這四個人之間的一種秘密訊號，直到他們分手時為止。

這四個人就是花錯、韋好客、慕容秋水和丁寧。

六

慕容秋水僵直的坐在床上，貴公子的瀟灑和風度，已經完全從他身上消失不見了。

「丁寧、花錯、因夢，這三個人之間究竟在搞什麼鬼？」他不但驚惑，而且生氣：「不管怎麼樣，那條母狗這次可真是讓我上了賊船，她明明知道我們跟丁寧是從小在一起長大的死黨，為什麼還要把他送到這裡來？」

「她當然是故意的。」韋好客比慕容更生氣：「所以她才會讓丁寧看不見也說不出，甚至把他的臉都動過了，讓我們也認不出他。」

「她知道我們跟丁寧是朋友，當然是從花錯那裡聽來的，她不但恨丁寧，也恨我，所以才想出這種法子來整我們兩個。」慕容秋水說：「我可以想得出她為什麼會恨我，可是我實在想不出丁寧為什麼要殺花錯？」

韋好客同樣也不能回答這個問題，一個人如果要殺另外一個人，有時候根本就不需要任何理由，他只能告訴慕容秋水：「如果你一定要問理由，恐怕只有去問丁寧。」

「對，我們去問丁寧。」慕容秋水大聲說：「我們已經把他整慘了，不管怎麼樣，現在都要把他先弄出來再說。」

「不行。」韋好客的聲音冷如刀鋒：「我們絕不能放他出來。」

「爲什麼？」

「因爲我們從一開始就錯了，而且錯得很多，所以我們只有錯到底。」

慕容秋水又慢慢的躺了下去，閉上眼睛，顯然是在仔細思考韋好客這句話其中的意義。

——如果他們放丁寧出來，會有什麼樣的後果？就算丁寧能原諒他們，是不是會洩露他們的秘密？最重要的一點是，丁寧會不會原諒他們？他們能不能冒這個險？

過了很久，慕容秋水才輕輕的嘆了口氣：「要怎麼樣做，才算錯到底？」

韋好客的眼睛彷彿已經變成了兩個深不見底的黑洞：「丁寧不死，後患無窮，如果你以後還想能夠安安心心的睡覺，他就非死不可，而且死得愈快愈好。」

慕容秋水沉默。

「我當然不會要你去殺他，我也不會去。」韋好客說：「如果我們殺了他，以後就永遠有個把柄被你那位因夢夫人捏在手裡，那我們以後恐怕更沒有好日子過。」

「她能抓住我們什麼把柄？」慕容秋水問。

「如果丁將軍知道他的兒子是死在我們手裡的，我們還會不會有一天好日子過？」

慕容秋水臉色變了，眉心也打起結。

「只有一種人殺人是完全不用負責任的，也不會有後患。」韋好客說：「他們殺人根本是天經地義的事，誰也不會找他們報仇。」

「你說的是哪種人？」

「劊子手。」韋好客說：「有資格的劊子手，而且是被官方承認的。」

他說：「刑部大牢裡，有一名犯人，犯了殺頭的重罪，被一個官方的劊子手處決，這種事是誰也不能過問的，所以永無後患。」

慕容秋水的眉結解開了。

「這一類的事，我相信你一定可以安排得很好。」

「大概可以。」

慕容秋水又慢慢的坐起來，盯著韋好客看了很久，才一個字一個字的說：「可是你一定要記住，這件事跟我連一點關係都沒有，剛剛說的話我也連一個字都沒有聽見。」

「我明白。」

韋好客冷冷的看著從被中散出的一枕烏髮，冷冷的說：「我相信你一定也明白，我剛剛說的那些話，無論誰只要聽見了一個字，那個人就非死不可。」

體。

七

寒夜，五更。

韋好客已經走了。

慕容秋水卻還沒有睡，他已經想了很久，他的手掌一直在輕撫他身旁那個年輕而柔滑的胴體。

他當然明白韋好客的意思，這個秘密是絕對不能讓第三者聽見的。他的手停留的地方，每一處都是人身上致命的死穴，只要手指輕輕一按，立刻就會有一個人從這個世界上完全消失。

沒有人會注意，這麼樣一個女孩子是否存在的。

她是那麼脆弱、那麼無助，她的死活根本就沒有人會關心。

他的手輕輕的滑上她堅挺的乳房，已經可以感覺到她的心跳聲，因爲他的手指下，就是她的心臟。

一個人的心跳如果停止，無論聽見什麼秘密都不會說出去了。要做這件事，就要做得萬無一失，絕不能冒險。他的拇指已經準備按下去了。

就在這時候，她忽然翻了個身，用她的腿勾住了他的腿，她的腿那麼光滑柔軟，卻又那麼充滿了彈性。

「你的手好冷。」她呢喃的說：「剛才你一定沒有把你的手放在我這裡，我這裡好熱好熱。」

她摟住了他的脖子：「剛才我一定是睡著了，否則我一定不會讓你的手放在被窩外面。」

慕容秋水笑了笑，眼中卻全無笑意。

「剛才就算你還沒睡著，你也會裝睡的。」

「爲什麼？」

「你難道不怕被人看見？」

「你騙我，這裡怎麼會有別人，這種時候有誰敢到這裡來？」她用力扳他的肩：「就算有別人要來我也不管，我要你，就算你投降也不行。」

慕容秋水笑了，這一次是真的笑了。

他的拇指已經離開了她的心臟，他的手開始輕撫她的背脊，用一種異常溫柔的聲音說。

「這裡當然沒有別人來過，伴伴。現在我才知道你不但是個溫柔的女孩，運氣也特別好。」他問她：「伴伴，你知不知道你的運氣爲什麼特別好？」

「爲什麼？」

「因為你真能睡覺。」

三　你眞能睡覺

一

柳伴伴，女，十八歲。她自己常常說，老天把她這個人生下來，就是爲了要她陪伴男人的。

男人們的確也全都很喜歡她的陪伴。

她的身材非常高，而且非常瘦，可是她全身上下每一寸地方都是柔軟而富於彈性的，你絕對摸不到她的骨頭。她的腿非常長，如果她的身高有五尺九寸，她的腿長至少在三尺八寸以上。

這麼樣一雙修長結實的腿，無論長在什麼樣一個女人的身上，都是種非凡的魅力。

她的父親是個樵夫，也是個獵戶，半天打柴，半天打獵。新鮮的山間空氣和十分富於營養的山禽野味，使得她發育很早。

還不到十三歲，她就已經長得很高了。

有一天她父親下山去趕集的時候，她到山泉下去汲水，把褲腳高高的挽起，露出了她一雙健康而結實的長腿。

一個上山來獵狐的惡少，正好帶著他的豪奴從附近走過，看見這雙腿，眼睛就再也捨不得離開。

豪奴們當然明白主子的意思，對他們說來，在荒山上強暴一個弱女子，根本就算不了一回事。

幸好那天她的運氣不錯，居然遇見了救星。

就在她最危急的時候，一個穿荒山走捷徑，趕去赴約的少年俠士忽然出現了，割下了惡少的耳朵，留下了一句話。

——「我叫丁寧，如果你要報仇，隨時都可以找到我。」

從那天之後，伴伴始終沒有忘記過「丁寧」這個名字。

今天晚上她又聽見了丁寧的名字。

那時候她當然沒有睡著——韋好客和慕容秋水說的每一句話，她都聽得很清楚，可是她也知道這些話是聽不得的，否則就一定會惹上殺身之禍。

幸好慕容秋水一向是個憐香惜玉的人，無論多奸狡的人要騙他都很不容易，一個柔弱無助的小女孩則是他不會提防的。

所以伴伴現在還活著。

既然還活著，就一定要報恩，伴伴絕不是個忘恩負義的人，她發誓一定要救丁寧。

不幸的是，她既沒有這種力量，也不知道應該怎麼樣去做。

侯門深似海，要進去固然困難，要出去更不容易。

如果連出去都沒法子出去，她還能做什麼？

所以這時候伴伴都以爲丁寧已經死定了。

二

三天之後，刑部就傳出消息，有一名積案如山的江洋大盜，將要被處決。爲了慎重其事，還特地請來了退隱已久的天下第一號劊子手——姜斷弦——來行刑。

易。

姜斷弦少年時就被人稱為「姜斷菜」。意思是說他殺別人的頭，就像砍瓜切菜一樣的容易。

他是世襲的官方劊子手，除了一筆優厚的俸祿之外，每次行刑時，還有很多規例可收。

這已經可以使一個人生活得非常富裕，也是一種讓人既羨慕又討厭的職業。不管怎麼樣，殺人總是件非常刺激的事，殺人而不犯法恐怕也只有這一行了。

但是他很早就已洗手退隱，誰也不知道他去幹什麼了。有關他的消息，也沒有人聽說過。

這一次他的復出，本身就是件很轟動的事，所以這件事很快就變成了一個熱門的話題。

所以人緣很好的伴伴姑娘，也很快的聽見了這個消息。

——如果能買通這位劊子手，是不是能留下丁寧的一條活路？

在別的路都已走不通的情況下，伴伴決定從這方面著手。

她確信這個將要被處決的江洋大盜就是丁寧。

最重要的一點是，她早就聽說過姜斷弦這個名字，這個人好像是她父親的朋友。

三

伴伴終於有了出去的機會，是在二月初二龍抬頭的那一天，經過了一夜纏綿，萬般承歡，慕容秋水終於答應她去朝山進香，而且答應她可以在尼庵中留宿一夜。

這已經足夠了。

因爲她已經打聽到姜斷弦爲了這一件大案，已經從遠方歸來，搬回他京城附近的舊宅。

那地方是在西城外，賣花人聚居的一條深巷裡，從巷中一直走進去，走到最深處，有一個竹籬，一扇柴扉，就是他的「切菜居」了。

那地方並不遠，一天之內盡可以來回，而且那裡附近還有一座很有名的香花寶蓮庵，去庵中進香的本來就是些大戶人家的內眷。

訴。

四

二月初二，嚴寒、雪。

還沒有轉入巷子，已經可以聽到深巷中傳來一陣陣淒涼的賣花聲，聽來就彷彿怨婦的低訴。

臘梅和水仙的花事都已闌珊，薔薇和牡丹的花訊卻尚未到。

賣花人賣的是什麼花？

一個反穿著羊皮襖的白髮老人，肩上挑著一個幾乎把他壓得連腰都直不起來的擔子，擔子兩頭的竹籠裡，有十幾個花罐，罐子裡種的也不知是什麼花。

「我們去買花去。」

伴伴姑娘告訴從侯府中跟隨她到這裡來的奴僕轎伕和丫鬟：「現在已經是春天了，我們既然已經到了這裡，怎麼能夠不買一點當令鮮花回去？」

所以她就來到了這條花巷，看到了這個衰老貧苦的賣花人。

「你這些罐子裡種的是什麼花？」

「這是種很奇特的花，是從很遙遠、很遙遠的地方移植過來的。」

賣花的老人用一雙疲倦的老眼，望著天末最後一線餘光。

「現在知道這種花的人恐怕已經很少了，能看見這種花的人更不多。姑娘，我勸你還是買一罐回去的好。」

老人的話總是比較多的，這個老人也不例外。伴伴對花並沒有興趣，也不想買花，她只想從這個老人嘴裡打聽出一點消息來。

所以她就帶著笑說：「老人家，我一看見你，就知道你一定是個見多識廣的人，所以我本來不想買花的，也忍不住想要來跟你聊聊。」

這種話出自這麼樣一位漂亮小姑娘的嘴，總是讓人開心的。

老人果然開心的笑了，露出了一嘴焦黃殘缺的牙齒，瞇起眼笑道：「只可惜我已經太老了！像我這麼樣一個老頭子，能陪你聊什麼？」

伴伴眼珠子轉動著。

「老人家，你在這附近賣花，一定已經賣了很久，你有沒有聽說過這條巷子裡住了一位怪人？」

「什麼樣的怪人？」

「聽說是一個劊子手。」伴伴故意壓低聲音，很神秘的說：「我從來沒有看見過劊子手，所以忍不住想要瞧瞧。」

老人連想都沒有想就斷言道：「你說的一定是刑部裡的姜執事，他就住在巷子最底那一家，像是已經住了好幾代了。」

「難道他們世代都是劊子手？」

老人先不回答，卻往前後左右看了一眼，然後才壓低聲音說：「姑娘，你可千萬不可當著他們的面說他們是劊子手，幹這一行的，都忌諱『劊子手』這三個字。」他說：「你見著他們，一定要稱他們爲執事。」

老人又補充的說：「尤其是這位姜執事，幹這一行也不知道已經幹了多少代了，聽說他們家世代都是劊子手，而刑部的執事們也全都姓姜。」

「爲什麼？」伴伴問。

「聽說老燕王有五位貼身衛士，是兄弟五個人，號稱姜家五虎，一個個全都武藝高強，刀法如神。」賣花老人說：「老王爺遷都北京，這五位兄弟就專替老王爺砍人的腦袋，到現在阜城門外，八里莊釣魚台附近還有座姜家墳。凡是幹這一行的，清明前後都要去燒燒紙，保佑他們一年的安寧，莫要被冤鬼纏身。」

伴伴故意做出很害怕的樣子：「聽說他們一刀就能把人的腦袋砍下來，是不是真的？」

「當然不假。」

「他們怎麼會有這麼大的本事?」

「那也是人家下了苦功夫練出來的。」

賣花的老人說:「要進這一行,先得磕頭拜師,每天天一亮,就要起身開始推豆腐。」

伴伴忍不住問:「推豆腐?劊子手爲什麼要學推豆腐,豆腐怎麼推?」

賣花的老人倒真是有點見識,居然能把推豆腐的法子解釋得很清楚。

——把一把砍人頭的大刀,反手提著,順在手背上。刀鋒向外,以刀鋒片豆腐,片得愈薄愈好,等到手法練熟了,就在豆腐上畫出墨線,要一刀推下去,讓豆腐齊線而斷,不差分毫。再在豆腐上置銅錢,刀鋒過處,豆腐片落,而銅錢不落,才算小成。

真正出師,就一定要在刑場上見紅了,手起刀落,人頭也落,這一刀一定要砍在脊椎骨的骨縫裡,錯不得分毫。

賣花的老人侃侃而談,伴伴聽得入神,等到老人說得告一段落,伴伴就及時嘆了口氣。

「看起來要幹這一行也不容易。」

「非但不容易,簡直難極了,要練成像姜執事那樣的本事,又是難如登天。」

「他有什麼特別的本事?」

「這位姜執事的刀法可真神極了，聽說他可以把一隻蒼蠅的翅膀用砍頭的大刀削下來，讓蒼蠅還是可以活著在地上爬。」

「這種刀法，實在是神到極點。」伴伴問：「這個人又是個什麼樣的人呢？」

「這個人長得和平常人也沒有什麼不同，也有鼻子眼睛，也有嘴。」

老人說：「只不過比普通一般人都要高一點，手臂好像也比別人要長一點，有時候我們會整年都看不到他，誰也不知道他到哪裡去了。」

「他家裡就難道沒有別的人？」

「沒有。」老人說：「他一向是獨來獨往，連朋友都沒有一個。」

「他有沒有買過你的花？」

「最近他常買，每次買的都是這種花。」老人指著他一直在向伴伴推介的那些花罐子，一雙老眼卻在瞟著伴伴：「姜執事實在是個很識貨的人，只有識貨的人才會喜歡這種花。」

他的意思已經非常明白了，連年紀輕輕的伴伴都已經明白，現在是非買他一罐花不可的了。

「可是你至少要先告訴我，這種花是什麼花？」伴伴問老人。

老人反問：「你知不知道在遙遠的荒漠中，終年沒有雨水的地方，生長著一種很奇特的植物，叫作仙人掌？」

「我知道，只不過知道而已，可是從來也沒有看見過。」

「那麼你現在已經看見了。」老人說。

他指著花罐中一種長著針芒的球莖，上面還長著一叢粉紅色的小花。

「這就是仙人掌，長在仙人掌上的花，當然就叫作仙人掌花。」老人說：「你不妨帶一罐去送給姜執事，他好像特別喜歡這種花。」

五

姜斷弦：男，四十五歲，是刑部有史以來年紀最輕的總執事，二十一歲時就已授職，刑部上上下下的人都稱他爲「姜一刀」。凡是有重大的紅差，上面都指派他去行刑，犯人的家屬爲了減輕被處死的人犯臨刑時的痛苦，也都會在私底下贈以一筆厚禮。

令人想不到的是，這位刑部的大紅人，還不到三十歲的時候，就交卸了他的職務，飄然遠去，不知所終。

更令人想不到的是，事隔多年，他居然重又回到刑部。

他看起來遠比他實際的年紀老得多了，伴伴第一眼看到他的時候，就有這種感覺。

那時候他正在磨刀，夕陽將落，涼風蕭索，他看起來已經像是個垂暮的老人。

是什麼原因讓他老得如此快？是不是因爲殺人殺得太多了？

劊子手殺人用的刀，通常都是一種厚背薄刃頭寬腰細，刀把上還繫著紅綢刀衣的鬼頭刀。

姜執事用的這把刀卻不同。

他用的這把刀，刀身狹窄，刃薄如紙，刀背不厚，刀頭也不寬，刀柄卻特長，可以用雙手並握。懂得用刀的人，一望而知這位姜執事練的刀，絕不止於劊子手練的那種刀，其中必定還摻有其他門戶的刀法，甚至還包括有自扶桑東瀛傳入中土的流派。

因爲中土的刀法招式中，是沒有用雙手握刀的。

伴伴在竹籬外就已看出了這一點。

柴門是虛掩的。

伴伴故意不敲門就走進去，因爲她怕一敲門就進不去了，而且她想先引起姜斷弦的注意。

姜斷弦卻連看也沒有看她一眼，還是低著頭在磨他的刀。

他用來磨刀的石頭也很奇怪，是一種接近墨綠色的砂石，就和他刀鋒的顏色一樣。

他的刀鋒彷彿還有一種針芒般的刺，就好像仙人掌上的芒刺一樣。

伴伴也很快就注意到這一點。

她一向是一個觀察力非常敏銳的女孩子，在這片刻之間，她同時也已注意到姜斷弦臉上的皺紋雖然深如刀刻，一雙手卻潔白纖美如少女。

——是不是這雙手除了握刀之外從來都不做別的事？

殺人者的手，看起來通常都要比大多數的人細緻得多，因爲他們手掌裡的老繭是別人看不見的，就正如他們內心的恐懼和痛苦，也絕不會被別人看見。

伴伴在仔細觀察姜斷弦的時候，姜斷弦卻好像完全不知道這個世界上，已經有她這麼一個人來到他面前。

他還是在一心一意的磨他的刀。

「我姓柳，我想來找一位在刑部當差的姜執事，聽說他就住在這裡。」

姜斷弦非但什麼都看不見，連聽都聽不見。

伴伴一點都不生氣也不著急，她早就知道要對付姜斷弦這種人，絕不是件愉快的事，而且一定很不容易。

「我雖然沒有見過姜執事，可是先父在世時，卻常常提起他的名字。」伴伴說：「我想他們應該是很好的朋友。」

她又補充著說：「先父的朋友們，都稱他爲大斧頭。」

磨刀人居然還是沒有看她一眼，磨刀的動作卻停止了，冷冷的問：「你來找姜斷弦有什麼事？」

「我想求他救一個人。」伴伴說。

「姜斷弦只會殺人，不會救人。」

「可是這一次非他救不可。」

「爲什麼？」

「因爲只有他能救這一個人。」伴伴說：「如果他不肯高抬貴手，這個人七天後就要死在你的刀下。」

她直視著姜斷弦：「我想現在你大概已經知道我說的這個人是誰了。」

暮色已深，姜斷弦慢慢的站起來，依舊沒有看她一眼，只是冷冷的說：「那麼你也應該知道，刀聲一響，頭如弦斷，這個人既然已將死在我的刀下，世上還有誰能救他？」

伴伴用力拉住了姜斷弦的衣袖：「只要你答應我，不管你要什麼，我都給你。」

「你能給我什麼？」

「我的人和我的命。」

姜斷弦終於冷冷的看了她一眼，然後揮刀割斷了自己的衣袖。

六

夜色已臨，屋子裡還沒有點燈，姜斷弦頭也不回的走了進去，瘦削的背影很快的就沒入黑暗。

伴伴看看手裡握著的半截衣袖，咬了咬牙也跟著追了進去。

「我知道你不會答應我的，可是我還不死心。」

她面對著端坐在黑暗中的姜斷弦說：「我是個從小就生長在山野裡的女孩，從小到大都一直不停的在動。爬山、爬樹、游水、打獵、採山花、追兔子、跟猴子打架，我每一天都在不停的動。所以我全身上下每一個地方的動作都很靈活，而且都非常結實，我今年才十八歲，從來也沒有一個男人對我不滿意過。」

端坐在黑暗中的人影淡淡的說：「你用不著再說下去了，我對你清楚得很，也許比你自己對自己更清楚。」

伴伴沒有再說下去，因爲她根本就沒法再說出一個字。

她的全身上下都已僵硬。

這個人說話的聲音，她太熟悉了，這個人絕不是剛才在磨刀的那個人。

她作夢都想不到，這個人竟然會在此時此刻出現在這裡。

黑暗中亮起了一盞燈，燈光照上了這個人的臉，他的臉色蒼白，輪廓突出，笑容優雅而高貴，卻又帶著種說不出的譏誚之意。

「我相信你一定想不到我會到這裡來的。」慕容笑得極溫柔：「可是我卻早就已經想到你會到這裡來了，我知道的事，好像總比你想像中多一點。」

伴伴依舊僵硬，連勉強裝出來的笑容，都僵硬如刀刻。

「你怎麼知道我會來？」

「丁寧救過你，你知道我們要殺丁寧，所以你當然會來。」慕容道：「因爲你算來算去都認爲天下唯一能救丁寧的人就是姜先生。」

他嘆了口氣：「只可惜這一次你又錯了，天下唯一不會救丁寧的人，就是姜先生。」

伴伴忍不住要問：「爲什麼？」

「因爲姜先生就是彭先生。」慕容反問伴伴：「你知不知道江湖中有一位彭先生？」

七

江湖豪傑是很少稱別人爲先生的，可是「彭先生」這三個字已經在江湖中威風了很多年了。對於用刀的人來說，這三個字就好像「孔夫子」在讀書人心目中的地位一樣，幾乎已經可以成仙成佛成聖。

彭先生就是彭十三豆。

有知識的人都瞭解天下絕沒有一夜成名的事，因爲在那個人成名的那一夜之前，已經不知道受過多少考驗和多少折磨。

可是每一種例子都有例外的。

彭十三豆的成名就在一夜間，那一夜他連闖蕭山十寨，用一把絕似鬼頭刀又絕不是鬼頭刀的奇形長刀，破十寨後七寨，七大寨主的連環四十九刀陣，全身而入，全身而退，浴血而入，飲酒而退。

於是彭十三豆的刀法和名聲，就好像瘟疫一樣在江湖中流傳開了。

誰也不知道彭十三豆的刀法是從推豆腐上推來的。所以更沒有人會猜想到彭十三豆就是姜斷弦。

聽到這裡，伴伴忍不住問：「你能確定彭十三豆就是姜斷弦？」

慕容秋水點頭。

「現在我們當然已經可以完全確定。」他說：「姜執事入刑部之後，雖然殺人無數，但是他殺的人非但全無反抗之力，而且連動都不能動，這麼樣殺人非但無法考驗出他的刀法，實在也無趣得很。」

「所以他才要到江湖中去試一試他的刀法？」

「不錯。」

「劊子手的刀法，到了江湖中那些刀法名家面前，難道也同樣有效？」伴伴故意說：「我不信。」

「你一定要相信，姜先生的刀法，並不是劊子手的刀法。」

慕容秋水說：「姜先生是位奇人，也是個天才，我相信這個世界上大概很少有人能比他更瞭解刀了。因爲他的刀早就已經變成了他身體上的一部分，甚至可以說已經和他的生命融爲一體。」

這位狷狂倨傲的貴公子，在說到姜斷弦的時候，口氣中居然完全沒有絲毫譏誚之意。

「最難得的一點是，他不但瞭解刀，而且瞭解人。」慕容秋水說：「對於人身上每一個骨節的構造，每一根肌肉的躍動，以及每一個人在面臨致命一刀時的各種反應，他都瞭如指掌。」

他嘆了口氣：「我雖然不大懂刀法，可是我想刀法中的精義，大概也就盡在於此了。」

伴伴雖然更不懂刀法，可是她也明白無論什麼樣的人能有他這樣的刀法，和他對「刀」與「人」的這種認識，要以一把刀闖蕩江湖，都不該是件困難的事。

慕容秋水接著說：「只不過這件事我們也是最近才知道的，而且就在最近這幾天。」

「哦？」

「姜先生悠遊江湖，我們本來根本不知道他的去處，當然也無法請他再度出山來執刑。」

「這一次難道是他自己來找你們的？」

「是的。」慕容秋水說：「這一次的確是姜先生來找我們的，因爲他也從一位很有權威的人士嘴裡聽到了消息，已經知道我們這次要殺的這個要犯就是丁寧。」

「他這次來就是爲了要殺丁寧？」

「是的。」慕容秋水說：「他要親手殺丁寧，他要眼看著丁寧死在他刀下。」

「爲什麼？」

「因為丁寧也要殺我，而且差一點就殺了我。」黑暗中有一個人用沙啞而冷漠的聲音說：「他能勝我並不是用他的刀，而是他的詭計，所以他也知道總有一天我要殺了他。」

從黑暗中走出來的這個人，當然就是刑部的總執事姜斷弦先生，也就是曾經以一把奇形長刀縱橫江湖的名俠彭十三豆。

伴伴咬著嘴唇，盯著這個人看了很久，忽然笑了，笑得甚至有點瘋狂。

「真想不到，實在真是想不到，我們堂堂刑部的總執事姜大人，居然會是這麼樣一個偉大的小人，居然會用這麼偉大的法子來對付他的對手。」

伴伴笑得愈來愈瘋狂了。

她已經完全豁出去了，因為她已經不準備再活下去了。

「可是，姜大人，你有沒有想到，你這麼樣做，簡直就好像自己在打自己的耳光一樣？」她咯咯的笑：「你說丁寧上一次擊敗你用的是詭計，你這次對他難道用的就是光明正大的法子？你說不願殺一個毫無反抗之力的人，那麼我問你，現在丁寧難道有什麼反抗之力？」

姜斷弦嚴峻的臉上毫無表情，既沒有憤怒也沒有歉疚，當然更不會有悲傷悔恨得意失意哀怨情仇。

他臉上只有皺紋，每一條皺紋都像是一條刀疤，每一條刀疤中都不知埋藏了多少憤怒歉疚悲傷悔恨得意失意哀怨情仇。

他的聲音冷淡而空洞。

「丁寧已經要死了，而且必死無疑，他死在我的刀下，總比死在別人的手裡好。」姜先生淡淡的說：「因為我的刀快。」

伴伴說不出話來了。

快刀殺人，被殺的人最少也可以落得個痛快，伴伴也相信丁寧也希望死得痛快。——痛痛快快的活，痛痛快快的死，這豈非正是多數人的希望？

伴伴的眼淚流了下來，因為她現在終於知道丁寧已經死定了。

八

丁寧確信自己絕不會死，他跟韋好客是從小在一起長大的朋友，他和慕容秋水之間的感情更深，他們怎麼會讓他冤死爛死在這裡？

所以他每天都在期望，每天都在等。

雖然他已經被折磨得不像個樣子了，可是他並不太著急，因為他太瞭解他們了，慕容秋水和韋好客都不是輕易會妄動的人。

如果他們要救他，一定已經先有了萬全之計。他們自己很可能都不會出面，但是他們一定會在暗中動用所有的力量把他救出去的。

——丁寧一向是個感情很豐富的人，一個感情比較豐富的人，通常都比較會安慰自己。

丁寧終於聽到了他一直在期望著能聽到的聲音，一個陌生人的腳步聲。

每個人的腳步聲都有它的特質和特性，就正如每個人的臉都不同。對於丁丁來說，要分辨一個人的腳步聲，簡直就好像要分辨他的臉那麼容易。

這個人的腳步聲無疑是丁丁在這裡從未聽到過的，它不像獄卒的腳步聲那麼誇張而響亮，也不像韋好客那麼謹慎而沉穩，更沒有慕容秋水那種滿不在乎的傲氣。

但是這個人的腳步聲卻有一種異於常人的特性，甚至可以說是一種很特殊的性格，和其他任何人都絕不相同。

在丁丁頭腦裡某一部份已經漸漸被遺忘的回憶中，他彷彿聽見過這個人的腳步聲，卻又記不得這個人是誰了。

腳步聲已停下，停在丁丁面前。

丁丁忽然覺得很不安，他相信這個人必定在用一種很奇特的目光打量著他，就好像一個頑童在打量著一隻已經被折斷雙翅，只有可憐的在他面前爬行的蒼蠅一樣。

這種感覺使得丁丁幾乎忍不住要嘔吐。

更讓人受不了的是，這個人居然還伸出了一雙手，從丁丁頭後的脊椎骨開始摸起，摸遍了他全身上下每一關節和每一根骨骼。

他的手冷硬、乾燥而穩定，丁丁骨骼的關節卻已軟癱如死鼠。

這種屈辱有誰能忍受？

丁丁能，爲了生存，他只有忍受，他早已學會忍受各種屈辱。

可是這個人說話的聲音，卻使得他連胸腔都幾乎完全暴裂，因爲他發現此刻站在他面前，像檢驗一隻死鼠般捏著他的人，赫然竟是曾經敗在他刀下的彭十三豆。

「我姓姜。」這個人說：「我就是刑部派來，辦你這趟紅差的執刑手。」

丁丁憤怒。

彭十三豆的聲音，是他絕對不會聽錯的，而且死也不會忘記。這個人爲什麼要說他自己是姓姜的劊子手？

「丁少俠，我相信你當然已經聽出來，刑部的姜執事，就是你刀下的游魂，彭十三豆。」

他的聲音淡而冷漠。

「你雖然沒有殺我，可是也用不著後悔。」姜斷弦淡淡的說：「因爲我若死了，還是一樣有別人會來殺你的，你死在我的刀下，至少總比死在別人手裡好，我最少也能讓你死得愉快一點，而且也死得比較尊榮高貴。」

有很多人認爲死就是死，不管怎麼死都是一樣的。

丁丁不是這種人。

他一直認爲死有很多種，一直希望自己能死得比較莊嚴。

現在他確信自己必定可以達到這個願望的了，同時他當然也知道他已必死無疑。

在他眼前一片無邊無際的黑暗中，他彷彿聽見死之神正在用一種充滿了殘酷暴虐的聲音，在唱著幾乎像是頑童般的兒歌。

「班沙克，班沙克，去年死一個，今年死一個，若問何時才死光，爲何不問韋好客？」

第四部　姜斷弦

他告訴他們：「我不是君子，我只不過是個殺人的人，可是我只殺人，我絕不讓任何一個人像禽獸般死在我的刀下。」

一　死之尊嚴

一

白銅盆裡升著很旺的火，特製的長桌上，擺著十一種酒，顏色由濃至淡，酒味也不相同，所以至少要有十一種以上下酒物來配合，才能使酒的香醇發揮到極致，盛酒的容器當然也是完全不同的。

此刻慕容秋水正在用一種南海烏魚的子，配青蒜，喝紹興的女兒紅。先抹一層洋河高粱，在小火上烤透了的烏魚子，顏色也和花雕一樣，是琥珀色的。

慕容秋水嘆了口，懶懶的說：「這實在是絕配！」

他在享受，韋好客在看。

「我知道你心裡一直想問我，我爲什麼不殺伴伴？」慕容秋水說：「我現在不妨告訴你，我不殺她因爲她配我也和烏魚子配女兒紅一樣，也是絕配。」

韋好客看著他，臉上連一點表情都沒有。

「其實我也知道你心裡什麼感覺，有時候你一定很恨我，因爲我能享受烏魚子，享受女兒紅，享受像伴伴那樣的女人。而你卻只有穿著你那一身花七十五兩銀子做來的衣裳，站在旁邊看著。」

慕容秋水又嘆了一口氣：「有時候我實在很想殺了你，因爲我實在生怕你有一天會殺了我。」

韋好客居然也嘆了一口氣：「只可惜我既不是殺人的人，也不是劊子手。」

「你當然不是。」慕容秋水微笑：「據我所知，劊子手不但吃葷，而且喝酒。」

這句話他是故意說明的，因爲他已經聽見了姜斷弦的腳步聲。

「慕容公子，這次你又說對了。」姜斷弦在戶外說：「我不但吃葷喝酒，而且還吃過沾血的饅頭。」

直等到姜斷弦連盡三杯以後，慕容秋水才問他：「聽說用剛出籠的饅頭沾新血吃下去，是治童子癆的偏方。」

「不錯。」

「你有童子癆？」

「我沒有。」姜斷弦說：「我只不過想嚐嚐這種饅頭。」

他淡淡的說：「想吃那種饅頭的人，並不一定都有童子癆，就好像殺人的人並不一定想殺人一樣。」

慕容秋水大笑，舉杯，飲盡：「你這句話說得實在好極了。」

姜斷弦也舉杯飲盡，卻沒有笑。

「慕容公子，我不是你這樣的貴介公子，我甚至也不是個君子，我只不過是你們殺人的工具而已。」他說：「你們要我殺丁寧，只不過你們認為我最適於殺他，而且認為我殺了他之後最無後患。」

姜斷弦接著說：「你們當然也知道，我本來就很想讓他死在我的刀下。」

韋好客沉默。

慕容秋水卻一向不是個沉默的人，而且喜歡笑，笑起來就像是個喜歡惡作劇的孩子。

「我們當然知道，」慕容獨特的笑容又出現：「我們知道的事通常都比別人多一點。」

「那麼我相信你們一定也知道，我只不過是個殺人的人。」

姜執事用一種非常職業化的聲音說：「而且我只殺人。」

這句話很可能是大多數人都聽不懂的，所以他一定要解釋。

「我從不殺不是人的人，也不殺不像人的人。」姜斷弦說：「所以你們要我殺一個人，就一定要讓那個人有人的樣子，我絕不讓任何一個人像禽獸一樣死在我的刀下。」

他又連盡三杯：「如果你們把那個人像一條豬一樣拖出來，如果那個人像一灘泥一樣爛在地上，那麼你們最好就自己去殺他吧。因爲在那種情況下，你們就算殺了我，我也不會出手的。」

「我想我大概已經明白你的意思了，」慕容秋水說：「你是不是想要我把一個四肢已經完全軟癱的殘廢變成一個健康的人，然後再讓你殺了他？」

「我的意思大概就是這樣子的。」

慕容微笑，笑容如刀，充滿譏誚：「這個人反正已經死定了，人死了之後，就全都是一樣的了，就算他活著時鮮蹦活跳壯健如牛，死了之後也只不過是死人而已，如果我要殺一個人，我才不管他臨死前是不是殘廢。」

「只可惜你不是我，」姜斷弦冷冷的說：「我有我的原則。」

「殺人也有原則？」

「是的，」姜斷弦肅然道：「做別的事都可以沒有原則，殺人一定要有，天下絕沒有比殺人更嚴肅的事。」

慕容秋水嘆了口氣：「只可惜我也不是神仙，既不能點鐵成金，也沒法子讓一個斷了腿的殘廢站起來。」

「那個人腿並沒斷。」姜斷弦說：「剛才我已經仔細檢查過，他的四肢雖已軟癱，關節附近的筋絡肌肉卻還有生機，世上至少還有三個人能將他醫治復原，而且其中有一位就在京城附近。」

「你說的這個人是誰？」

「諸葛大夫，諸葛仙。」

「你錯了，」慕容苦笑：「你說的這個人，根本就不是人，你就算死在他面前，他也未必會救你，何況要他來救一個已經必死無疑的囚犯。」

他搖頭嘆息：「這件事根本就辦不到。」

「天下沒有辦不到的事，就算別人辦不到，你也一定可以辦到的。」

姜斷弦淡淡的說：「只要你能做到這一點，到了刑期那一天，我一定會帶著我的刀來。」

刑期已經訂在三月十五。

這次將要被處決的不但是一名要犯，而且武功極高，交遊極廣。爲了避免在行刑前出什麼差錯，所以已經等不到秋決了。

二

行刑前當然不會有什麼差錯，韋好客已經將每一個細節都計算得萬無一失。

唯一出乎他意料之外的是，姜斷弦居然提出了這麼樣一個條件。

慕容秋水凝視著杯中的酒。

「你想他爲什麼一定要這樣做？」慕容秋水問韋好客：「其中會不會有什麼陰謀？」

「你想呢？」

慕容秋水沉吟良久：「姜斷弦一向是個怪人，怪人做的事總是讓人想不到的。」

「那麼你準備怎麼做？」

「我想我們大概只有照著他的意思做了。」慕容秋水說：「我們好像已經沒有什麼選擇的餘地了。」

他忽然又笑了笑：「其實我也並不是不明白他的意思，被殺的人能死得好看一點，殺人的人也比較有面子，殺一個連站都站不起來的殘廢，的確不是一件光榮的事。」

韋好客沉默。

「最重要的一點是，姜斷弦比我們更想殺丁寧。」慕容秋水說：「這一點我確信無疑。」

韋好客沉默了很久，才問慕容：

「你有把握能讓丁寧站起來？有把握能說動諸葛仙？」

慕容秋水將杯中酒一飲而盡。

「諸葛仙也只不過是個人而已，只要他是人，我們總能想得出法子來對付他。」

三

小巷中清寒依舊，賣花的老人，仍在賣從遠方捎來的仙人掌花。

姜斷弦把雙手攏在衣袖裡，慢慢的踱進了這條小巷裡。

他在東瀛扶桑的一個小島上學刀三年，這種走路的姿勢，就是他從那個小島上的武師們那裡學來的，帶著種說不出的懶散疏狂之意。

看見了他，賣花老人疲倦蒼老的臉上每一根皺紋裡，都擠出了笑容。

「執事老爺，今天要不要買一罐我的花？」

姜斷弦停下了腳步，站在老人的花擔前，看著老人滿是皺紋的臉，臉中的笑意溫暖如冬陽。

「我喜歡你的花，我也喜歡你這個人。」他說：「你的花來自遠方，你這個人是不是也從遠方來？」

老人枯笑：「我已經老得連自己都不知道自己從哪裡來的，只不過在這裡等死而已，幸好我的花還年輕，新鮮的就像一個十四歲的處女。」

姜斷弦也笑了。

「十四歲的處女，正是我這種年紀的男人最喜歡的，所以我每次看見你都忍不住要買你一罐花，到現在爲止我好像已經買了十七罐。」

「不錯。」賣花的老人說：「不多不少，正好是十七罐。」

「我每次買花的時候是不是都要付錢？」

「是。」

「我通常都用什麼來付？」

「通常都是用一種用絞刀從銀塊上剪下來的散碎銀子。」老人說：「而且通常都給的比我要的價錢多一點。」

「你有沒有看見過我是從什麼地方把銀子拿出來的？」

姜斷弦問。他問的問題已經越來越奇怪了，可是賣花老人依舊很快的回答。

「我看見過。」老人說：「我是一個窮的要命，已經快要窮死了的窮老頭，看見了白花花的銀子，眼睛總是要特別亮的。」

他說：「每次我看見你拿出那個脹鼓鼓的錢包來的時候，我心裡總是忍不住要嘆一口氣。」

「那麼你當然也看清楚了我那個錢包是什麼樣子了？」姜斷弦問老人。

「我看得連口水都要流下來了，怎麼會沒有看清楚？」老人說：「你那個錢包，看起來就像個肉包子，下面鼓鼓脹脹的，上面打摺的地方用一根牛筋緊緊繫住，要解開還真不容易。」

「你既然看得這麼清楚，那麼你一定也看見了我從什麼地方把這個錢包拿出來？」

「你好像是從袖子裡拿出來的。」老人說：「你好像總是喜歡把一雙手攏在袖子裡。」

「我是不是總是用右手把錢包從左面的袖子裡拿出來，然後再用左手把繫住錢包的牛筋解開？」

「是的，好像是這樣子的。」老人想了想，又加強語氣：「就是這樣子的。」

姜斷弦看著他，一雙眼睛忽然變成了兩根釘子，盯在他臉上。

一個貧窮的賣花老人，一個殺人如麻的劊子手，在一種很湊巧的情況下偶然相遇，一個人想賣花，一個人要買他的花。

在這種情況下，這麼樣兩個人，怎麼會有這種奇怪的對話？

有些話說得根本就莫名奇妙。

姜斷弦這一生中從來也沒有說過一句莫名其妙的話，只要是他說出來的話，其中一定有很深的含意，含意越深，別人當然也就越難瞭解，他為什麼要向一個賣花的人說這些話？能明白他意思的人絕不會多。

奇怪的是，這個看來平凡而又愚蠢的賣花老人，倒反而好像很瞭解。

姜斷弦用釘子一樣的眼色盯著他的時候，他一直都在笑，而且還帶著笑問：

「姜執事，現在你是不是可以再買我一罐花了？或者是還有話要問我？」

「我還有話要問你。」姜斷弦說：「因為有件事我一直覺得很奇怪。」

「什麼事？」

「你為什麼一直到現在都還沒有殺我？」

姜斷弦不讓老人開口，很快的又接著說：「每次我來買你的花，你至少都有一次機會可以殺我。」

走過去，停下來買花時，他的雙手仍舊攏在衣袖裡，可是手上說不定握著武器，所以那不能算是機會。等到他用右手取出錢袋，用左手解繫錢袋的牛筋時，對方若是忽然抽出一柄殺人的利器，就可以砍斷他的手，將他置之於死地。

姜斷弦說：「我看得出你扁擔裡就藏著有一把隨時可以抽出來的殺人利器，你的手一直都在扁擔附近。」他說：「我來買了你十七次花，你至少有十七次機會可以殺我，可是你到現在都沒有出手。」

姜斷弦嘆了口氣：「所以我實在不明白你是什麼意思？」

賣花的老人非但沒有覺得驚訝，甚至反而笑得比剛才更愉快了。

「你早就知道我是來殺你的？」他問姜斷弦。

「嗯。」

「你怎麼能看得出來？」

「你有殺氣，你賣的這些仙人掌也有殺氣。」姜斷弦說。

「你說的一點也不錯。」老人說：「如果我是你，我也會看出來的。」

他也嘆了口氣：「也許就因爲我早就知道你一定能夠看得出來，所以我才一直沒有出手。」

「哦？」

「你既然早就看出我是來殺你的，你給我的那些機會當然都只不過是陷阱而已。」老人說：「每一次機會都是一個陷阱，每一次你誘我殺你，都只不過因為你要殺我。」

「換句話說，你給我機會讓我殺你，如果我真的出手了，就變成我給你機會讓你殺我了。」老人微笑，反問姜斷弦。

「在這種情況下，我怎麼能出手？」

這種情況是非常微妙的，所以老人說出來的話，聽起來簡直有點像繞口令一樣。

可是姜斷弦當然不會聽不清楚的。

他又盯著老人看了很久，眼中漸漸露出了一種深沉莫測的笑意。

「現在我已經明白你為什麼沒有出手了，卻更不明白你是什麼樣的人？」

老人笑，老人沉默。

「你本來就知道我應該可以看得出，你是來殺我的。」姜斷弦說，「你從千里之外帶著兩籮筐仙人掌，到我門口來賣，豈非就是為了要我知道你的來意？」

老人依舊沉默，依舊在笑，笑得居然有點像慕容秋水了，也帶著種惡作劇的孩子氣。

姜斷弦說：「你我素不相識，也沒有恩怨，你要來殺我，當然不是你自己的意思。」

這一點無疑很正確。

「你的外表看起來非常平凡，幾乎沒有一點可以引起別人注意的特徵，無論誰看到你，都不會把你這麼樣一個人記在心裡的。」姜斷弦說：「因爲你這種人實在太多了。」

這種說法無疑也很正確。

「但是你卻非常鎮定，而且還會裝傻，甚至已經可以把你的精氣內斂，讓人看不出你的武功深淺。」姜斷弦說：「像你這種人要做一個殺人的刺客，實在是再好沒有了，因爲別人既不會注意你，也不會提防你。」

賣花的老人長長的嘆氣。

「姜執事，你真是個了不起的人，一下子就把我看穿了。」他說：「我也跟你一樣，也是個以殺人爲職業的人，只不過你殺人是合法的。」

「你殺人是不是不合法？」

「當然是。」

賣花的老人說：「生活於無名無姓之中，殺人於無形無影之間。幹我們這一行的人，所過的日子比幹你們那一行的人要痛苦得多了。」

他又嘆了口氣：「我們殺人時，甚至連一點刺激都沒有。」

「可是你們有錢。」姜斷弦說：「據我所知，除了貪官污吏、大盜名妓之外，幹你們這一行的人，收入比誰都高得多。」

「這倒是真的。」

賣花的老人道：「譬如說，如果別人殺了我，不出三天，就會名揚天下，我殺了你，雖然連一個知道的人都不會有，可是在我銀號的存摺上，卻已經多了好幾個數字。」

「好幾個數字是多少？」

「譬如說，在一個『五』字之後，再加上四個零。」

「五萬兩？」姜斷弦也嘆了一口氣：「我出一趟紅差，只不過五百兩而已。」

「就因爲這緣故，所以犯法的事才永遠有人做。」老人說：「就算明明知道是要砍腦袋的，也一樣有人會去做。」

「那麼你爲什麼還沒有做？」姜斷弦問：「你爲什麼一直到現在還沒有出手？」

賣花的老人歪著頭想了半天，好像在思索著一個很難解釋的問題，過了很久，才嘆著氣說：「這一點實在是很難說得明白的。」

「你可以慢慢的說。」

「現在我只能說，我不殺你，只因爲我不過是個影子而已。」

「影子？」

「影子是不會殺人的。」賣花的老人說：「只有人才會殺人。」

「你說你只不過是個影子？」姜斷弦問：「沒有人怎麼會有影子？」

「當然有人。」

「那麼你是什麼人的影子？」姜斷弦又問：「這個人在哪裡？」

賣花老人臉上的笑容，忽然變得說不出的神秘詭譎。

「我是每一個人的影子。」他說：「每一個想殺人的影子。」

這句話是什麼意思？誰聽得懂？

看著老人臉上的笑容，姜斷弦掌心裡忽然冒出了把冷汗。

因為他已經聽懂了這句話，而且已經想到這個影子是誰了。

四

江湖中總有很多種神秘的傳說，有時候甚至會將一個人說成神話。

影子就是這些神話中的一種，甚至可以算是其中最神秘的一種。

「他是江湖中最可怕的殺手，也是江湖中代價最高的殺手，可是他從來也沒殺過人。」

——最可怕的殺手居然是個從未殺過人的人，這不是神話是什麼？

最不可解釋的是——

江湖中誰也沒見到過這個影子，因爲見過他的人都已經死光了。

——這個影子既然從不殺人，見到他的人爲什麼會死呢？誰能解釋這種事？這不是神話是什麼？

這居然不是神話，居然是事實，現在，姜斷弦終於已經完全明白了。

就在這一瞬間，他幾乎已經死了三次。

二 殺人者的影子

一

根據古往今來許許多多智者的分析，每一個人潛在的心理中，都偶然會有殺人的慾望和衝動，換句話說，每個人都可能會爲了某種原故去殺人。

在某一種特殊的情況下，殺人甚至不能算是一種犯罪的事。

——出於自衛，被迫殺人，戰陣之上，白刃相間，你不殺我，我就殺你。

遇到了這種情況，你怎麼辦？

所以每一個人都可能成爲一個殺人的人——所以影子說：「每一個殺人的人，都可以用我做他的影子。」

他說：「要用我做他的影子的代價當然是非常高的。」

人都有影子，殺人者也是人，也一樣有影子，爲什麼還要付出那麼高的代價，用「他」來做影子？

這當然是有理由的，這個影子把理由說得很清楚。

「要殺人的人並不一定能殺得死人，而且還很有可能反而死在對方手裡，在這種情況下，他就要花錢來僱我了。」

影子又解釋：「我的任務就是幫助他把對方殺死，我可以保證他花的錢絕對値得。」

沒有人懷疑過他的信用，他執行這種任務時從未失敗過一次。

但是別人還是想不通他怎麼能做到這一點？一個影子怎能幫助別人去殺人？

對於這一點，他解釋得更清楚。

——「譬如說，張三要去殺李四，卻又沒有把握，如果他肯花錢僱用我，我就變成了他的影子。」

然後呢？

——「然後我就去調查李四這個人，他是個什麼樣的人？有什麼特別的嗜好？平常的生活習慣是什麼樣子的？練過什麼特別的武功？每一件事我都會調查得很清楚。」

然後又如何？

——「根據這些調查的結果，我就可以分析出這個人的弱點在哪裡了，然後我就會開始接觸他，讓他漸漸開始對我注意，等到他的注意力完全集中在我身上時，張三就可以出手殺他了。」

影子保證：「我當然要先確定張三在什麼樣的情況下才能殺得了李四，然後再製造一個萬無一失的機會讓他出手。」

要做一件這麼樣的事當然是很不容易的，它的過程不但精密，而且要絕對精確，雖然複雜，但卻又絕對完美，只要有一點疏忽，都可能造成致命的錯誤，而且永遠無法彌補。

「所以我做事一直都非常謹慎小心。」影子說：「所以我一直都能過非常舒服的日子。」

對於這一點，不但他自己受之無愧，別人也沒什麼話說。

因爲他做的這種事，的確是有他自己的創作，江湖中雖然有過許許多多傑出的刺客和殺手，卻從未有過他這樣的人。

他做的這種事，以前從未有人做過，以後很可能也不會再有。

所以他說：「我是每一個人的影子，每一個想殺人的人都可以把我當作他們的影子。」

這句話聽起來好像有點莫名其妙，其中的含意卻是無比沉痛的。

三 殺人者

一

姜斷弦聽到這句話的時候，也已經明白就在影子說出這一句話的同一刹那，他的生死已在瞬息間。

他沒有想錯。

就在這時候，一柄殺人的長劍已經刺向他左背肩胛下一寸三分處，在瞬息間就可以從他的後背直透心臟。只要他的反應慢一點，就必將死在這一劍之下。

因爲他的注意力已經完全被這個影子所吸引了，竟完全沒有聽到身後的動靜，等到他聽見這個殺人者最後一響腳步聲時，他的背脊已經能感覺到劍鋒上的寒氣和殺氣。

他沒有死。

一個自己也曾殺人無算的人，對這種感覺的反應總是特別敏銳的。

姜斷弦這一生中曾經殺過多少人？

他對一件殺人厲害的反應之敏銳，甚至遠比一個處女的私處對男人的反應更強烈。

就在這生死呼吸的一剎那間，他的腳尖已轉「扭馬」之式，腰低擰，身轉旋。右手已抽出長刀，反把握刀柄，順勢斜推，刀鋒的寒光就已沒入這個殺人者的腰。

沒有人能形容他身子輪轉時所發動的那種力量，也沒有人能形容這一招變化的巧妙。

最重要的當然還是速度。

力量就是速度，速度就是力量，也是生死勝負之間的關鍵。姜斷弦這無懈可擊的一刀揮出時，就已經決定了他自己和這個殺人者之間的勝負生死。

只可惜他還是算錯了一件事。

在他聽到這個殺人者的最後一響腳步聲時，就幾乎已經可以算出這個人的身高和體重，以他身經百戰後所累積的豐富經驗，要從一個人的腳步聲中算出這一點來並不困難。

想不到這一次他居然算錯了，這個殺人者居然不是一個人，而是兩個。

二

在一個殺人者刺出他致命一擊的時候，他的精氣都已貫注在招式間，腳下就難免濁重。

姜斷弦深知這一點，他的判斷一向非常準確，否則他已經不知道死過多少次了。

可是他再也想不到，這個殺人者竟是一個嬌小的女人和一個斷腿的侏儒。

田靈子是個非常好看的女人，身體的每一部位都長得非常勻稱，只不過比別的人都小了一號而已。

牧羊兒比她更小，是個天生畸形的侏儒，而且還少了一條腿。

所以他們兩個人的體重加在一起，剛好和一個正常人的重量差不多。如果牧羊兒騎在田靈子的肩上，兩個人加起來的高度也和一個正常人沒什麼分別。

這一點牧羊兒精密計算過，要刺殺一個像姜斷弦這樣的高手，每一個細節都不能不計算得很精確。

他的目的就是要姜斷弦算錯。

三

田靈子的腰柔軟如蛇，蛇一樣的吞沒了姜斷弦的刀鋒。刀光沒，等到刀光再出現時，已經到了田靈子的腰後。

他的身子已經翻飛而出，凌空一丈。腰肢上突然噴出了一股血樹，轉瞬間就煙花般散開，化成了漫天血花血雨飛落。

血光散動間已經有一條幽靈般的血影向姜斷弦飛撲過來，帶動著一條火蛇般的長鞭，捲向姜斷弦的咽喉。

這才是真正致命的一擊，因爲它完全出乎姜斷弦意料之外。

血雨飄落時，田靈子也落到地上，可是她那不知誘惑過多少男人的軀體，已經斷成兩截。

——刀光沒，刀鋒過，她的人還可以飛起來，飛起一丈餘，直到落在地上後才斷成兩截。

這是什麼樣的刀法？

這時候血紅的大蛇已經捲上了姜斷弦的咽喉，再以鞭梢反捲打姜斷弦的眼。

這一招實在比毒蛇還毒，姜斷弦對付這一鞭的方法，也是牧羊兒永遠想不到的。

他忽然低頭，用他的嘴咬住了往他咽喉上纏過來的鞭，他的手也同時抬起，用他手中的刀柄握住了鞭梢。

這不是刀法，天下所有的刀法中都沒有這一招。

這一招是他的智慧、經驗、體能和應變力混合成的精粹。

最重要的一點，當然還是速度，沒有看見他出手的人，絕對無法想像得到他的速度。

但是牧羊兒的反應也不慢，就在這間不容髮的一瞬間，他已經做了一個最正確的判斷，而且下了決定。

——他決定「放棄」，放棄他的鞭，放棄他身邊唯一能保護他的武器。

鞭撒手，他的人凌空翻身，翻出七尺，力已將盡，他已斷了一條腿，身法的變化，當然不會像以前那麼方便。

幸好他還有一條腿，他就用這條腿用力點影子的肩，然後再次凌空翻身，藉著這一股力穿了出去。

夜色已臨，這個殘缺矮小的人，很快就像鬼魅一樣沒入黑暗中。

姜斷弦轉腕揮刀，刀風如嘯，刀上的血珠一連串灑落。

——附近的人家有沒有風鈴被振動？

姜斷弦慢慢的轉過身，面對一直站在那裡，連姿勢都沒有改變過的影子。

「你爲什麼還沒有走？」他問影子。

「我爲什麼要走？」影子說：「你剛才出手那一刀，我這一輩子恐怕再也見不到第二次了，你就算殺了我，我也不會走的。」

「你知道我不會殺你？」

「大概有一點知道。」影子說：「我又不想殺你，你怎麼會殺我？」

姜斷弦又盯著他看了很久，一直等到眼中的冷意在漸漸消失時，才嘆了口氣。

「不錯，你的確不想殺我。」

他不能不承認，在他剛才擰身出刀斬斷人腰時，影子也有機會斬斷他的腰，在牧羊兒的長鞭捲住他脖子時，影子的機會更好。

從影子的眼神與沉靜中，姜斷弦當然可以看出他無疑也是個一流高手。

姜斷弦實在無法想像自己剛才爲什麼沒有防備他。

影子在微笑，彷彿已看穿了他心裡在想什麼，所以替他解釋：「在剛才那一瞬間，你好像根本已經忘了這裡有我這樣一個人存在。」影子說：「因爲我根本就不是一個人，只不過是個影子而已。」

他笑得很愉快：「我想你現在大概已經相信，影子是從來都不會殺人的。」

姜斷弦沒有開口，他在沉默中思索了很久之後，也說了很難聽得懂的話。

「你不是他們的影子，他們才是你的影子。」他說。

「這句話我聽不懂。」

「每個人都會有想要殺人的時候，可是每個人殺人的原因和目的都不同。」姜斷弦說：「無論他們的殺人動機是什麼，都絕對是出於人類最原始的共同需要。」

「有理。」

「從這些殺人者的身上，你已經看到你自己的心裡強暴衝動無知和脆弱的一面，你要殺人的時候，就可以控制住自己了，因爲他們的行動已經替你消除了心裡的殺機。」

姜斷弦嘆了口氣說：「換句話說，他們已經替你把人殺了，你自己又何必再去殺人？」

影子已經想了很久，也長長的嘆了口氣，「所以你才會說，我不是他們的影子，他們才是我的影子？」

「不錯。」

「現在我真聽懂這句話的意思了。」影子說：「這句話說得真好。」

今夕無雪，星光卻淡如雪光，淡淡的照著影子的臉。

他的臉看來更疲倦、蒼老。

就在此刻，那個江湖中最富傳奇性的殺手「影子」已經完全消失，現在他又變得只不過是個蒼老而疲倦的賣花老人而已。

甚至連這個賣花老人都很快就會從此消失，就好像這個世界上從未有這樣一個人出現過。

但是姜斷弦卻絕不讓他就此消失。

「等一等。」他同時用聲音和行動把老人留住：「我會讓你走的，可是你也應該先讓我明白一些事。」

他的聲音強硬而堅決，他的行動無疑比他的聲音更有說服力。

這個影子般的老人只有留下。

「什麼事？」他問。

「你究竟是誰？」姜斷弦盯著他：「你的身分，你的武功，你的名字，你在沒有易名改扮前老得是什麼樣子，這些事我都想知道。」

不但他想知道，江湖中也不知有多少人都想知道，這個神秘的影子在不是「影子」的時候，究竟是個什麼樣的人？

這當然也就是他最大的秘密。他既不願回答這個問題，又很難逃避，姜斷弦的眼神就像是一把刀，已經緊逼在他咽喉眉睫間。

他的人就好像真的是個影子般開始飄浮。

「姜先生，」他說：「我一直認爲你是位君子，一位君子好像是不該刺探別人隱私的。」

他說的話也漸漸鋒利：「而且你自己好像也有兩種身分，我相信姜斷弦一定不願別人刺探他有關彭十三豆的秘密。」

姜斷弦忽然笑了。

「我不是君子，不過我至少還可以算是個很講理的人。」

「一個講理的人和君子已經很接近了。」賣花的影子重又微笑。

「那麼你能不能告訴一個很接近君子的人你的貴姓大名？」姜斷弦繼續微笑：「經過了這些事之後，我至少應該知道你的名字。」

影子不回答，卻反問：「你還想知道什麼事？」

反問通常都可算是最好的回答其中之一，所以姜斷弦居然真的放過了前面一個問題。

第二個問題是：

「一個『五』字之後再加四個零並不是個小數目，牧羊兒和田靈子價錢也不便宜。」姜斷弦問：「誰肯花這麼多錢來殺我？」

這當然也是秘密，任何一個有職業道德的殺手，都絕不會洩露這種秘密。

「姜先生，我想你一定也知道，如果我洩露了僱主的秘密，以後就再也不會有人花錢僱我了。」影子說：「這不但有關我的信譽和存摺，而且影響到我的原則。」

「是的。」

姜斷弦不能不承認這一點，可是影子接著說出來的這一句話卻使他覺得很吃驚。

「你想知道的兩件事，本來我都不該告訴你。」影子說：「但是我卻可以爲你破例一次。」

「爲什麼？」

「因爲從今以後，影子就會完全消失了。」他說：「顧横波也一樣！」

『顧横波？』姜斷弦問：「你說的是不是那位以『詩、書、畫』三絕名動士林的眉山先生？」

「是。」

「他爲什麼會忽然的消失？」

影子說出來的話又讓姜斷弦大吃一驚，他是一個字一個字的說出來的：

「因爲顧横波就是我。」

四

顧橫波，三十七歲，世家子。

姑蘇顧家是望族，極富極貴，良臣名士顯宦輩出，甚至還出了幾位傾動一時的俠客，可是無論從哪方面看，顧橫波是其中最有名的一個。

他的書畫精絕，詩名尤高，七歲時就被公認爲江南的神童。還不到三十歲時，士林藝苑就已恭稱他爲眉山先生。

像他這麼樣一個人，誰也不會把他和江湖間的兇殘暴力聯想到一起的。

可是現在卻有一個神秘的殺手說：「顧橫波就是我。」

這句話誰能相信？

姜斷弦相信。

他非常瞭解這種人，要就不說話，說出來的話就絕不會是假話。

「那麼你是不是說，眉山先生這個人也將要就此消失了？」

「是的。」

「這實在是件很可惜的事。」姜斷弦嘆息：「這件事我也許根本就不該問的。」

「你已經問了，我也回答。」顧橫波淡淡的說：「這些事現在已不重要。」

「你那位僱主呢？」姜斷弦又問：「像你這種人，爲什麼會洩露他的秘密？難道他也會消失？」

「他不會。」顧橫波眼中露出悲傷：「可是不管他以前是個什麼樣的人，以後他都不會再見人了。」

「爲什麼？」

「因爲他現在大概已經落入牧羊兒手裡。」顧橫波說：「無論誰落入牧羊兒手裡，以後都不會再是一個人了。」

「以前呢？以前他是誰？」

「她是個很奇怪的女人，也是個很美麗的女人。」顧橫波說：「她的名字叫柳伴伴。」

四 與鬼為伴

一

柳伴伴的心跳加速，呼吸卻已完全停頓。

她親眼看見姜斷弦揮出那一刀，親眼看見刀鋒沒入田靈子的腰。

她從未看見過這樣的刀法，這次她本來也不應該看見的，經過上一次事件之後，她自己也認爲自己死定了。

想不到慕容秋水非但沒有殺她，反而對她更好了，甚至對她的行動都不再管束，所以她才有機會看到慕容書房裡那一份最機密的卷宗，才會到這裡來。

像慕容秋水這樣的人，對這個世界上每一個地方所發生的每一件重要的事，都必需知道，而且是在最短的時間裡就要知道。

所以在每一個重要的市鎮裡，都有專人替他收集這種資料。

他的資料分爲三部份。

——人、物、事。

他又將每一部份的資料都分爲三級——晶瓶、瓶頸、瓶口。

只有最機密的資料，才能被列入瓶口。

柳伴伴看到的那份卷宗，就在「人」字部份的這一級。

只有最重要的人，才能列入這一級。

最重要的人也有很多種，每一種職業中都有重要的人，他們的力量都足夠可以影響到別人，甚至可以決定別人的生死及命運。

——什麼人才能用最直接最簡單最快速最無情的方法要別人的命？

——當然是那種以殺人爲職業的人。

在慕容秋水的資料中，替這種人取了一個很奇怪也很有趣的代號。

「肥肉。」

慕容秋水從小就不吃肥肉，而且討厭肥肉，看見肥肉就好像看到狗屎一樣。

他總認爲無論誰吃多了肥肉，都很快就會死的，而且常常會死於無形無影中。

他的看法通常都有點道理。

二

人部──瓶口、肥肉。

柳伴伴看到的卷宗上，就用硃筆標明了這份資料中有關人物的價值和身分。

能夠被列入其中的人當然不太多，最能吸引她的就是影子和牧羊兒。

這兩個人一個神秘之極，一個殘酷之極，而且殺人極少失手，正是她最需要的人。

因爲她要殺人，殺姜斷弦，非殺不可。

姜斷弦不死，丁寧就非死不可，姜斷弦死了，丁寧雖然未必能生，可是最少乜能多活一段時候。

能夠讓丁寧多活一天也是好的。

柳伴伴自己也不知道自己對丁寧是種什麼樣的感情。

──只見過一次面的男人，在夢魂中一個模糊的影子，在一次永生難忘的羞辱中，脫下他的外衣裏住她赤裸的身體，以後就再無消息。

世界上的事爲什麼總是這樣子的？一次偶然突發的事件爲什麼總會比刻意的安排更能打動一個少女的心？

柳伴伴只知道，只要能讓丁寧活下去，無論要她付出多大的代價都沒關係。

她甚至願意爲他去死。

小樓有窗，可見星月、可見瓦霜，巷中所有的動靜也都在倚窗人的眼底。

今夕有星，伴伴倚窗，她當然也知道今天晚上小巷中會有什麼事發生。

就在今夕星光下，姜斷弦的血必將會染紅賣花老人的衣裳。

——他花擔中的仙人掌是不是也會被染紅呢？血光飛濺出的時候，天下的星光是不是會暗下來？

伴伴從來也沒有想到她看到血光飛起時，竟不是姜斷弦的血。

她對這項行動一直都很有把握。

在慕容秋水的資料中，對牧羊兒的評價是「十拿九穩」，對影子的評價是萬無一失。

慕容秋水從來也沒有看錯過人，所以她從未想到他們會失手。

卷宗上當然記載著和影子連絡的方法，根據最新的資料，牧羊兒這一陣也在京城附近的一位名醫家裡養傷，陪伴著他的一個女人也是個很可怕的殺手。

她並沒有去想她怎麼能看到屬於「瓶口」這一類的機密，慕容秋水最近好像對她越來越迷戀，每個人的運氣都會轉好，這種事本來就常常會發生，何況她本身的條件本來就比大多數女人都好得多。

她雙腿的動作通常都能讓男人不能自禁。

只可惜她還是不能把她的腿當作十萬兩的錢，去付給影子和牧羊兒那一類的殺手，也不能用她的腿把銀子踢出來。

她既不富，也不貴，只不過是個貴人的家妾而已。

這也是她最幸運的一點。

貴人的家妾總有很多機會去接近一些機密的資料和一些貴重的珠寶。

所以她才能找到牧羊兒和影子。

三

殺人的計劃在二十四個時辰裡就已擬定，地點也已決定在那條小巷。

小巷底，就是姜斷弦的家，一個人回家的時候，總是會變得比較鬆懈軟弱一點。黃昏時的賣花聲，也總是帶著種說不出的淒涼和傷感，就好像酒後的三弦，總是能打動人心。

於是白髮蒼蒼的賣花老人就在小巷中出現了。柳伴伴也在小巷的第七戶人家租下了一棟小樓。

刀光起，刀入腰，血光現，細腰折，血如雨，點點落，落入塵土。

伴伴的心也彷彿一下子就沉落入塵土，等她從暈迷中醒來時，已經到了另外一個地方。

一個很臭的地方，而且臭得很奇怪、很可怕。

更可怕的是，她張開眼睛來的時候，第一眼看見的竟然是一條男人的小腿。

男人的腿並不可怕，可惜的是這條腿，彎曲、畸形、瘦短，皮膚的顏色就好像某種剝了皮的野獸一樣，膝蓋下完全是赤裸的，雞皮般的腳上穿著隻用羊皮帶子穿成的胡鞋。那股臭氣當然就是這隻腳上發出來的，像是羊騷味，可是更臭。

柳伴伴一下子就吐了出來。

她還沒有吐完，一個雖然瘦小但卻堅硬如鋼的拳頭已打在她小肚子上。

「你這個臭婊子，你再吐。」

牧羊兒用一條腿站在她面前，一隻手抓住她的褲帶，「你是不是嫌老子的腿不好看？你的腿好看？」

他用力往下撕，一雙修長結實、充滿了彈性和活力的腿就完全暴露在這個淫猥的侏儒面前。

他用力捏她的腿，捏一下，青一塊。

「你這個臭婊子，你給老子把你吐出來的東西全吃回去，否則老子把你撕爛。」

他又用力搥她的下腹。

「你嫌老子腳臭？好，老子就要你來舐，伸出你的舌頭來舐，舐乾淨。」

伴伴簡直快要瘋了。

她只求快死，越快越好，可惜她連死都死不了，她簡直就好像落入了一個萬劫不復的地獄裡，她受的罪簡直沒有人能想像。

但是她終於捱了過去。

多年以後，她才將這段噩夢般的經歷告訴一個最親近的人。

「那個瘋子簡直比鬼還可怕。」件件說：「直到現在我一想起他還是要吐。」

「他還對你做了些什麼事？」

「每件事都不是人做得出的，直到我自己親身經歷過之後，我才知道田靈子受的是什麼罪。」件件眼淚流下，「我想她死的時候一定覺得很愉快，一定很感激姜斷弦給她那一刀。」

「田靈子就是他以前的女人？如果她真的覺得生不如死，爲什麼要等到別人殺她？」

「我想她一定也跟我一樣，想死都死不了。」

「真的想死，總有法子的。」

「沒法子，一點法子也沒有，那個惡魔根本不給你機會。」件件說：「他簡直就像是條蛆一樣附在你身上。有時候甚至會鑽到你的肉裡去。」

聽的人身上開始冒出了雞皮疙瘩。

「他高興的時候，就騎在我身上，用他那條臭腳盤住我的脖子，在半夜裡騎著我到沒人的地方去。」件件說：「只要走得慢一點，就用針刺我。」

「他這麼做，還是在他高興的時候？」

「嗯。」

「他不高興的時候呢？」

「只要他有點不開心，他就把我跟他兩個人關到一個很大的羊圈子裡去，擠在七八百隻比豬還臭的肥羊中間，要我把那些羊當做我的公公爺爺叔叔伯伯老爸；而且還要我叫牠們。」伴伴流著淚說：「有時候他甚至還要我叫一聲就磕一個頭。」

聽到這裡，聽的人已經忍不住要嘔吐。

「那時候我全身上下全都又青又腫，好像也變得像是個活鬼一樣。」伴伴說：「我只求老天可憐我，讓我快點死。」

「可是你還沒有死，而且還逃了出來。」

「那真是個奇蹟。」伴伴說：「連我自己都沒有想到，連做夢都沒有想到。」

奇蹟也會偶爾發生的。

「我永遠忘不了，那天是三月十五。」伴伴說：「那一天的午時，就是處決丁寧的時候。」

五　行刑日的前夕

一

三月十四，陰雨。

在江南，現在已經是草長鶯飛的三月暮春了，這裡卻依舊潮濕陰冷，甚至可以像針尖一樣刺入人的血液和骨髓裡。

尤其是雨，雨更愁人。縱有天下第一把快刀，也休想將那千千萬萬愁煞人的雨絲斬斷一根。

在這種天氣，火爐、暖鍋、熱炕、火辣辣的燒刀子、熱呼呼的打滷麵，每一樣東西都可以把人的腳鉤住，鉤在屋裡，鉤在妻子的身邊。

天剛黑，路上已少行人。

西城外一片混沌，就好像一幅拙劣的水墨。

就在這一天，有一個從外地來的陌生人死在城腳下，是被人攔腰一刀斬斷的。

最奇怪的是，這個人的上半身倒在城根下的一個石碑前，下半身卻遠在一丈外。

雨水沖去了血跡，泥濘掩飾了腳印，現在沒留下一點線索，死者身上也沒有一樣可以讓人查出他身分來歷的東西。

殺人者無疑是此中能手，殺得真乾淨俐落。

就算有人能猜出他是誰，也絕對不會說出一個字來。

這種兇案當然是永遠破不了的，直到很久之後，才有個人透露了一點線索。

這個人是混混無賴，有時候包娼詐賭，有時候偷雞摸狗。兇案發生時，他正好在附近。

根據他的說法是：

——「那天晚上我的運氣真背極了，幹什麼都不順，家裡還有個胖騷娘兒們，等我帶酒回去祭她的五臟廟。」

——「那一陣聽說西城外有一票盜墳賊在做買賣，我就打上他們的主意了，想去給他們來個黑吃黑。」

——「就在我壯著膽子往那邊走的時候，忽然看見一個人飛也似的跑過來，跑著跑著，這個人忽然從中間斷成了兩截，上半身忽然倒了下去，下面的兩條腿還在往前跑。」

——「這種事你們見過沒有，你說邪門不邪門？」

後來他又補充了一點。

「當時我雖然已經嚇呆了，卻還是好像看見七八丈外有一個人影子，撐著一把油紙傘，像個鬼一樣站在那裡，就算是閻王老爺派出來的要命鬼，樣子都沒有那麼怕人。」

後來呢？

——「沒有後來了，差點連下面都沒有了，我嚇得尿了一褲襠，連滾帶爬的跑回去，才知道一褲襠的尿都結成了冰，連下面那玩意都差點凍成冰棍。」

所以這件兇案還是疑案，兇手是誰？始終都沒有人知道。

如果有人知道他們是誰，這件兇案就是件絕對可以轟動武林的大事了。

二

在刑部當了那麼多年差使，紅差也不知已經接過多少次，可是每到行刑日前夕，姜斷弦還是會覺得特別焦躁。一定要等他試過刀之後，心情才會穩定下來。

三月十四這一天也不例外。

冷雨霏霏，天色沉鬱，姜斷弦穿著雙有唐時古風的高齒木屐，撐著把油紙傘，沿著城腳往前面走，積雪已化爲泥濘，寒雨撲面就像是刀鋒。

在如此陰寒的暗夜中，他還有什麼地方可去？去幹什麼？

其實他根本就沒有什麼特別的地方要去，他只不過在找一個人而已。

這個人是誰？直到現在爲止連他自己都不知道。

如此嚴寒，如此冷夜，他從乾燥溫暖的房子裡冒雨出來，竟然只不過是爲了要找一個連他自己都不知道是誰的人。

這種怪事大概也只有姜斷弦做得出，而且每到行刑的前日，都要同樣做一次，數十年如一日，從來都沒有改變過。

泥濘滿地，木屐又重，姜斷弦行走時卻連一點聲音都沒有，只有細雨打在油紙傘上，沙沙的響，聽起來就好像江南的春雨打在荷葉上一樣。

可是這兩種情懷就差得多了。

姜斷弦的意興更蕭索，彷彿也曾有一段殘夢斷落在江南。

就在這時候，他看見前面的城垣上，有一條人影用一種非常奇怪的姿勢飛躍了下來。

姜斷弦眼中立刻發出了光。

他看得出這個人施展的是一種江湖中極少有人能練成的獨門輕功身法，同時也想到這個人是誰了。

這個人無疑就是近十年來最成功的獨行盜，做案五十六次從未失手過的「五十六」。

「五十六」當然不是他的真名，甚至也不是他的綽號。

江湖中人叫他「五十六」，只不過因爲他現在正好已經做了五十六件極轟動的案子而已，正如他做案三十七次時，別人就叫他「三十七」。

因爲他每做案一次，都會在現場留下一個數字，就好像生怕別人忘記他做案的次數一樣。

他的計劃是「九十九」。

如果不是遇到姜斷弦，他本來確實很有希望可以做到的。

三

「五十六」每次做案之前，都要將自己徹底檢查一次，把每一樣有可能追查出他真實身分的物件都完全徹底清除。

所以就算在最壞的情況下，別人也沒法子查出他是誰了。

就好像大多數特別謹慎小心的人一樣，他時時刻刻都在作最壞的打算。

因爲在他不做案的時候，他絕對是個非常受尊敬的人，交往的都是些有體面的朋友，而且家庭美滿幸福，子女聰明孝順，他的名譽更是毫無疵議的。

所以他絕不願意有任何人把「五十六」和這麼樣一位好人聯想到一起。

這一點他居然做到了。

直到他死後多年，他的姓名和身分都依舊是個秘密。

江湖中從未有人能發掘出「大盜五十六」的過去，他的朋友們從未懷疑過他的品格，他的孩子們永遠都保持著敬愛和懷念。

因爲無論從哪方面說，這位「五十六」先生都不能算是個太壞的人。

歷。

他並不怕別人看到他那種非常獨特的輕功身法，因為從這一方面絕對無法追查出他的來

更重要的是，他對這種輕功總是會有一分無法解釋的偏愛。他無名無姓，從不做炫耀自己的事，只有這種輕功才能滿足他忍不住要在心底為自己保留一點點的虛榮感。

這種感覺就好像一個小姑娘穿起新衣裳，把自己關在房裡對鏡獨照一樣，又希望別人能看見，又希望不要被人看見，就算明明知道別人看不見，自己心裡還是覺得很愉快。

這一次他的心情也一樣。

雨冷夜暗，他從未想到他躍下城垣時，下面已經有個人在等著他。

四

一個又高又瘦的人，撐著把半舊的油紙傘，鬼魂般站在風雨中，除了風吹衣角外，全身上下一動都不動，甚至連呼吸都已完全停止。

「五十六」的呼吸也立刻停止，盡量使自己下落的速度降低，在到達地面之前，還有一段緩衝的餘隙。

他已經發現這次遇到的是個極可怕的對手。

只有真正的高手，才會這麼穩、這麼靜，不到必要時，是絕不會動的。

——有時候不動比動更可怕。

這不是廢話。

也不可笑。

地上的泥濘雖深，「五十六」如果提起一口氣，還是可以很輕巧的站著。

但是現在他卻把兩隻腳都埋入泥濘中，他一落下就必須站得很穩。因爲他落下來時精氣已將竭，既不能攻，也不能退。

他只有守，站穩了守。

他看不見對方的臉，姜斷弦卻在傘下盯著他，瞳孔已收縮。

「我知道你不認得我，我卻認得你。」姜斷弦說：「現在你大概還不是五十七，還是五十六。」

「大概是的。」五十六說。

他雖然已經感覺到對方的一身殺氣，卻沒有一點驚慌恐懼的樣子。

他絕不是那種很容易就會被嚇住的人。

「第五十七件案子我還沒有做，所以現在我身上連一個銅板都沒有。」他說：「所以今天晚上我恐怕要讓你失望了。」

「你錯了。」姜斷弦淡淡的說：「你從頭就錯了。」

「哦？」

「你既不該到這裡來，也不該露出你的輕功，更不該讓我看見，」姜斷弦說：「尤其不該在今天晚上。」

「爲什麼？」

「因爲今天晚上我一定要找一個人來試我的刀。」姜斷弦說：「現在我已經選中了你。」

「我們有仇？」

「沒有。」

「你爲什麼會選中我？」

「因爲你該死。」

姜斷弦慢慢的移開油紙傘，露出了一雙刀鋒般青寒的眼：「我一向只選該死的人來試我的刀，彭先生的刀上只有惡人的血。」

「五十六」的瞳孔突然收縮，又擴散，「彭十三豆？」

「是的，我就是。」

「可是彭十三豆殺人從不試刀。」五十六說：「浪跡江湖，殺人於窄路，倉猝間也無法試刀。」

他盯著對方的手：「殺人前能夠拿第三者來試刀的人，通常都不在江湖。」

「不在江湖在哪裡？」

「在刑部。」

五十六說：「據說在刑部的總執事姜斷弦每次行刑的前夕，城裡都會多一個暴死的孤魂。」

姜斷弦眼色更青，彷彿已經變成了兩塊翡翠，幾乎已接近透明。

五十六並沒有逃避他的目光，心裡反而覺得有一種殘酷的快意，一種自我解脫。

——現在他已經知道姜斷弦就是彭十三豆了，但是永遠都不會有人知道他的秘密。

就在這時候，姜斷弦的刀已出鞘，刀鋒上的寒光，就好像他的眼睛一樣。

這時候他的刀彷彿已完全溶入他的身體血液魂魄中。

五

姜斷弦的刀精鋼百煉，而且是用一種至今還沒有人能探測到其中秘訣的方法煉成的。

這把刀銳利堅硬的程度，也許可以算是天下無雙，可是當它的刀鋒橫斷人腰時，那種感覺卻是異常溫柔的，溫柔得就像是一隻粗糙的手，握住了一個幼女細嫩的乳房。

刀鋒入腰，姜斷弦的瞳孔就擴散了，他全身上下每一個部份也都在這一瞬間軟化鬆懈。

他的目的已達到。

六

木桶中的熱水是早就已經準備好的了，水的溫度經常都保持在比人體高一點的溫度上。

在這種溫度的熱水中泡一刻鐘之後，總會讓人覺得身心交泰，容光煥發。

這種木桶在扶桑叫作「風呂」，是一種浴具，也是那裡大多數男人最大的享受，甚至比清酒和藝妓更容易讓人上癮。

姜斷弦到東瀛去和江戶男兒作伴還不到三個月，就已經上了癮了。

所以他才會特地把這麼樣一個木桶運回中原。

五十六的腰斷、腿奔、身倒、血濺、腿仆、人死，姜斷弦都已不復記憶。

現在他已把人世間的萬事萬物全都忘懷了。

因爲現在他已經把他自己完全浸入了風呂中，水的溫度也能讓他非常滿意，這種感覺就好像一個男人把自己置入他最心愛的女人體中一樣。

現在距離天亮還有一段時刻，他希望自己還能睡一下，那麼等到明天行刑後，他還有精神去喝一盅茶，吃一點酒，從回回兒的羊肉床上弄一點帶著三分肥的羊肉來夾著火燒吃，再來四兩燒刀子作早酒擋擋寒。

只可惜他沒有睡著。

「試刀」之後，姜斷弦總是很快就會睡著的，能睡的時間雖然不多，可是能睡一個時辰總比不睡的好。

——試刀之際，生死一髮，試刀之後就完全把自己放鬆了。

在這種情況下，通常他只要一閉起眼睛立刻就會睡著的，可是這一次他的眼睛剛閉起就張開，因爲他心裡忽然有了一種很奇怪的感覺。

這種感覺就好像野獸的第六感一樣，每當他的安全受到威脅，隱私被人侵犯時，他心裡就會有這種感覺，這一次也不例外。

等到他張開眼睛時，她已經站在他面前了。穿一身雪白的衣裳，無比的美麗中又帶著種令人毛骨悚然的神秘，使得她看來又像是仙子，又像是幽魂。

七

爲了要讓自己能有一種與人世完全隔絕了的感覺，姜斷弦把風呂裝在後院一個完全獨立的小屋裡，每次洗澡的時候，他都會把門從裡面拴上。

今天應該也不會例外。

可是現在屋子裡明明有一個女人出現了，就站在他用來放置衣物的小几旁，正在用一種又溫柔又冷酷的眼神打量著他。

水的溫度雖然和剛才全無差別，姜斷弦身上本來已完全放鬆的肌肉卻繃緊了。

他是完全赤裸著的。

她雖然看不見，可是他自己知道。

完全赤裸著面對一個美麗而高傲的陌生女人，姜斷弦心裡忽然有一種說不出的屈辱和自卑，這個女人那雙貓一般的銳眼，彷彿已穿透木桶，看到了他身上最醜陋的部份，甚至連他的傷疤和胎記都看得清清楚楚。

這種感覺令他憤怒無比，只不過他畢竟還是沉得住氣的。

所以他只是冷冷的回望著她，既沒有動，也沒有開口。

他一定先要把她的來意弄清楚，然後才能決定自己應該怎麼做。

這個女人當然不會是特地來看他洗澡的，他當然不能就這樣赤條條的從浴桶裡跳出來殺人。

——好像很少有人能在自己完全赤裸時揮刀殺人。

幽靈般的女人，眼中忽然露出了一種夢一般的笑意，然後才用一種非常優雅的聲音對姜斷弦說：「姜先生，在風雨中試刀之後，能回來洗個熱水澡，實在是件享受。」她說：「我實在不該來打擾你的。」

姜斷弦冷冷的看著她，等著她說下去。

「可是我要來找你，再也沒有比現在這種時候更好的了。」她說：「因爲現在一定是你心最軟的時候。」

姜斷弦不能不承認這個女人的觀察敏銳，想法正確，無論誰在殺人後赤裸裸的坐在澡盆裡時，心腸都會變得比較軟弱的。

「我在你心最軟的時候來，當然是因爲我有事要求你。」

姜斷弦終於開口：「什麼事？」

「今天已經是十五，我知道你今天午時要去殺一個人。」她說：「我求你不要去殺他。」

「你也知道我要殺的是誰？」

「我知道。」

「他是你的親人？」

「不是親人，是仇人。」

「既然是仇人，爲什麼反而要救他？」

穿白衣的女人那雙有時看來如夢，有時看來如貓的眼睛裡，忽然充滿了一根根可怕的血絲，每一根都是用無數量的怨毒和仇恨煉出來的，每一根都深深的埋入了她的骨髓和靈魂。

「我要救他，只不過因爲我不想讓他死得這麼早。」

姜斷弦從未想到一個人心中的怨毒竟會有如此之深，直到他看到她的眼睛。

看到了這雙眼睛之後，有很多事姜斷弦在忽然間就全都明白了。

「你就是因夢夫人？」

「是的，我就是。」

「你知道我要殺的是丁寧？」

「是的，」因夢冷笑：「韋好客和慕容秋水只不過是兩條豬而已，憑他們也想騙過我？」

她的聲音裡也充滿怨毒：「我會要他們後悔的，我會要他們把他們自己說出來的話，跟他們的舌頭和那樣東西一起吞回他們的肚子裡去。」

一個如此美麗高雅的女人，居然會說出這種話來，無論誰聽見都會大吃一驚。

姜斷弦盯著她看了很久，才能恢復平靜。

「你要知道，我只不過是個劊子手而已，只不過是一件殺人的工具，別人要我殺人，我非殺不可。」

「我知道。」

「你既然知道，就應該明白我根本就不能替你做什麼事。」

「我求你爲我做的，當然是你一定可以做得到的事。」

「我能爲你做什麼？」

因夢的眼波和聲音都已恢復柔美。

「姜先生，我聽人說起過你的刀法，刀在你手裡就好像變成了活的，而且有眼睛、有感覺，所以如果你要用它去削斷別人兩根睫毛，它絕不會削斷三根，也不會只斷一根。」

她又說：「如果你要用它殺人，那個人當然必死無疑，換句話說，如果你還要留下他的一條命，那個人當然是死不了的。」

姜斷弦的回答如刀截鐵釘：「人到法場，哪裡還有命！」

「我也知道一個人到了法場之後就無命可留了。」因夢說：「我只要你留下他的一口氣，別的事都不用你管。」

「一口氣？」

「只要他還有一口氣在，我就能讓他活下去。」因夢的聲音更溫柔：「我當然也知道，這口氣的代價一定是非常高的。」

她柔柔的看著姜斷弦：「可是我一定能夠付得出來，而且一定會付給你。」

姜斷弦忽然笑了。

「我相信你，你隨時都可以拿得出一筆很可觀的錢財來，你自己也可以隨時脫光衣服跳進我的澡盆。」他說：「像你這樣的女人，有誰能拒絕？」

他自己回答了這個不能算是問題的問題。

「我能。」姜斷弦說：「就算天下的男人都不能拒絕你，我也是例外。」

因夢也笑了，笑得極媚。

「你真的能拒絕我，我不信。」她說：「以你的刀法，以你的身手，也許你真的會把錢財看作糞土，可是我呢？」

她實在是個非常美的女人，不但美得讓人心動，而且美得離奇。

因爲她的美就像是鑽石一樣，是可以分割成很多面的。

在某一方面來說，她是個非常脆弱的女人，美得那麼纖細，就好像是一件精美的瓷器一樣，連碰都不能碰，一碰就碎了。

她的手，她的腳，她的足踝，她的柔頸，都會讓人有這種感覺。

在另一方面，她又是個非常理智的，雖然美，但卻有智慧，有原則，而且堅強果斷，一下決心，就沒有任何人、任何事能改變。

從她那雙清澈明亮的眼睛，從她嘴的輪廓，都可以看得出來。

可是她的眼睛的變化又那麼多，那麼快！讓人根本就無從捉摸。

等到她完全赤裸時，她就又變成了另外一個完全不同的女人。

一個充滿了野性和慾望的女人，全身上下每一分、每一寸都彷彿在燃燒著地獄中的火燄，隨時隨刻都可以把男人活活燒死。

她的腿、她的腰，她身體的彈性、她堅挺飽滿的胸膛，都可以證明這一點。

現在她已經把這一點證明給姜斷弦看了。

看到她赤裸的胴體，連姜斷弦都已感覺到自己的心跳在加快。

一年四季從不間斷的冷水浴，山野間的新鮮空氣，快馬奔馳時的跳躍，靜坐時的內視調息，使得她全身上下每一寸皮膚和肌肉都充滿了彈性和活力。

在她那纖柔而苗條的外貌下，藏著的是一座隨時可以讓人毀滅的火山。

姜斷弦嘆息。

「看到你之後，我才明白尤物是什麼意思了。」他忍不住要告訴她：「你就是個天生的尤物，跟你比起來，別的女人都像是發育不良的小孩。」

因夢嫣然：「那麼現在你是不是已經想要我跳進你的澡盆裡？」

「不想。」

「你還是不想？」

「我沒法子。」姜斷弦說：「我是個天閹。」

這是男人的醜事，大多數男人死也不會說出來的，姜斷弦卻說得很輕鬆愉快。

他甚至解釋：「天閹的意思，就是說這個男人一生下來就是個太監。」

因夢的眼又變了，嘆息的聲音卻很溫柔。

「姜先生，你真可憐，現在我才知道，你是多麼可憐的人。」她嘆息著說：「像你這麼可憐的人，真不如死了算了。」

姜斷弦也嘆了口氣：「只可惜我總是死不掉。」

八

無論是姜斷弦也好，是彭十三豆也好，都是個隨時都會死掉的人，這個世界上也不知道有多少人想要他的腦袋。

可是直到現在，他的腦袋居然還在。

一個隨時都可能會死掉的人，居然還沒死，總不會沒有理由的。

姜斷弦躺在浴桶裡的姿勢好像比剛才還要舒服了，桶裡的水也好像比剛才更熱。

「每天早上我一醒過來就會想，今天會不會有人來殺我？如果有人來殺我，會是什麼人？

會用什麼法子？他殺人的手法是不是用種特別的方式？」

「今天早上你也想過？」因夢問。

「每天我都一定要去想，而且要把每一個細節都想得很詳細透徹。」姜斷弦說：「我時常都在想，如果有人想趁我在洗澡的時候來殺我，會用什麼法子？」

他說：「在水裡下毒就是種很好的法子，趁我不在的時候先在水裡下毒，等我一進木桶，毒性就由我的毛孔中滲入，不知不覺間就要了我的命。」他問因夢：「你說這法子好不好？」

「不好。」

「不好？哪一點不好？」

「你是姜斷弦，不是笨蛋，如果你在每次洗澡之前，沒有先檢查一下水裡是否有毒，現在你恐怕早已爛死在澡盆裡。」

因夢嘆了口氣：「其實我也早就想過，像這一類的法子，對你根本就沒有用。」

姜斷弦立刻問她：「你認爲要什麼樣的法子才有用？」

因夢笑了笑，就算是回答。

姜斷弦也沒有希望她會回答，很快就接著說：「如果有一個非常有魅力的女人，站在我面前脫光衣服，吸引住我的注意，又在身後埋伏了兩、三位一流的殺手，用最犀利的武器刺殺。」他說：「這時候我赤身露體，手無寸鐵，眼睛裡看著的又是個活色生香，連太監都忍不住要多看兩眼的美人。」

姜斷弦盯著因夢的眼。

「在這種情況下，我怎麼能擋住他們致命的一擊？」他又問因夢：「你說這法子對我有沒有用？」

「有用，當然有用。」因夢淡淡的說：「只不過我也不會用。」

「爲什麼？」

「因爲這裡的地方不對。」

這個窄小木屋，只有一扇小門，四面都沒有窗子，除了這個很大的風呂之外，剩下的空間很有限，既不可能被人襲入，也不可能有人埋伏。

因夢說：「我不用這種法子，因爲它根本就行不通。」

姜斷弦嘆了口氣：「那麼我也想不通了，你用的究竟是什麼法子？」

因夢沒有回答，也不必回答了。

回答因夢這個問題的是「卜」的一聲響，已經有六柄長矛穿牆而入。

從左面的牆外刺入三柄，從右面的牆外刺入三柄，六柄長矛刺穿木壁，只發出「卜」的一聲響，可見他們是在同一刹那間刺進來的。

幾乎也就在這同一刹那間，又是緊接著的「卜，卜」兩聲響。

這種情況就不難想像得到了。

——從左牆刺入的長矛，由木桶的左邊刺進去，從右牆刺入的長矛，由木桶的右邊刺進去，第一聲「卜」，六柄長矛已分別從左右兩邊將木桶對穿，坐在木桶裡洗澡的人，哪裡還有命？

第二聲「卜」，當然就是長矛刺入這個人身體時所發出來的了。

情況本來應該是這樣的，姜斷弦本來應該已經在這一刹那間被刺殺在木桶裡。

可是情況卻又偏偏不是這樣子的。

長矛從牆外刺入，將要刺穿木桶時，姜斷弦的刀已在手。

他反手抽刀。

刀鋒向外，在木桶中以一種非常奇怪的姿態，旋身一轉。

水花飛濺，矛頭俱斷，斷落在水中。

第二聲「卜」，就是他揮刀斬斷矛頭時發出來的聲音，一刀削斷六柄長矛，居然也只有「卜」的一聲響。

好快的一刀。

水花飛濺，姜斷弦的人也從木桶中躍起，在珠簾般的水花中，把身子凌空從左向右一轉，右手的刀，已從上到下切入了左邊的木壁，切入了長矛刺穿木壁處。

刀鋒劃過木壁，木屋外立刻響起三聲慘呼，三聲宛如一聲。

姜斷弦側身懸劍，以右腳蹬左壁，橫飛向右，長刀切入右壁長矛刺入處。

刀鋒劃過，屋外的慘呼聲，立刻就和剛才的慘呼聲，混合成一聲了。

他的刀快，慘呼聲長，所以六聲才會混爲一聲，慘呼未絕，水簾已落，他的人也已坐回木桶。

木桶中仍有水。

長矛雖然將這個木桶刺穿六個洞，可是長矛的桿仍然嵌在洞裡，就好像六個塞子一樣，塞住了木桶上的六個洞，不許水往外流。

因夢也好像被塞子塞住了，呼吸和血液都已經被塞子塞住了，人也動不得。

姜斷弦的樣子看起來又好像很舒服了。

這個仿造「風呂」的格式做成的木桶，體積非常大，容量也極大。雖然濺出了一些水，也露出了一些水，桶中的水還是夠滿的，也夠熱。

姜斷弦瞇著眼，彷彿又將睡著。

他知道他這次再睜開眼睛來的時候，絕不會再看見有人站在他面前了。

他只聽見因夢說：「我知道江湖中以前有個非常有名的名女人，連洗澡的時候都帶著武器。」

姜斷弦又聽見自己說：「我知道她，她的名字叫作風四娘。」

「聽說她是蕭十一郎的情婦。」因夢故意用一種酸酸的聲音問：「你呢？你跟她有什麼關係？」

「我怎麼會跟她有關係？」

「因爲你也跟她一樣，連洗澡的時候都帶著你的刀。」

姜斷弦沒有要殺因夢的意思，事實上，他已經開始有點喜歡這個女人。

癡心的女人，不但通常都能讓男人尊敬，所以這次事件就此結束，只不過留下了六柄被砍斷的長矛，和十二隻斷落在木屋外，緊握著長矛的柄，被姜斷弦一刀砍斷的手。

九

這時候其實已經是三月十五的凌晨了。距離丁寧的死，已經非常接近。

這時候伴伴也仍在與鬼為伴。

所有的事看起來都不會有任何改變。

六　行刑日

一

三月十五，凌晨。

凌晨時，韋好客已經穿上他的官服，來到了刑部大牢後的這個陰暗小院。

他的官服也是訂製的，上好的絲綢，合身的剪裁，精美的縫工，無論任何地方都絕沒有一點差錯。

錯的只不過是他這個人而已。

有時候連他自己都認爲他錯了。班沙克、酒、女人，往事的歡樂，地獄般的地牢，慕容秋水、死、丁寧。

新愁舊歡，恩怨交纏，纏成了一面網，他已在網中，提著這網的人也是他。

他一夜無法成眠。

自己提著網的網中人，怎麼能掙得脫這面網？

小院陰暗如昔，韋好客也依舊坐在他那張顏色已舊得變成深褐色的竹椅上。

他在等姜斷弦，他知道姜斷弦一定很早就會來的，來看丁寧，看丁寧是不是已經能夠站得起來。

——丁寧的人不能動，姜斷弦的刀就不動。

韋好客並不擔心這一點，對於這件事他已經有了很好的安排。

他安排的事永遠是完美無缺，無懈可擊的，這一次的安排更是精彩絕倫，簡直精彩得讓人無法想像。

最妙的一點是，等到別人想通其中的奧妙時，這件事已經結束了，任何人都無法補救。

想到這一點，韋好客笑得就好像是條剛抓住兔子的狐狸。

刑部的執事，名額通常保持在八個人和十二個人之間，每一位執事都是經過多年訓練法定的劊子手，他們的刀法當然沒有姜斷弦那麼精純曼妙，可是殺起人來卻一樣乾淨俐落。

如果姜斷弦不肯動手，他們也一樣可以把丁寧的頭顱砍下來。

這是很簡單的道理，是每個人都想得到的。令人想不到的是——

慕容秋水這次爲什麼一定要選姜斷弦來執行，而且還不惜答應姜斷弦各種相當苛刻的條件？

這其中當然是有原因的。

這個原因無疑是個極大的秘密，除了慕容秋水和韋好客之外，絕沒有第三個人知道。等到別人發現這個秘密時，不但來不及補救，連後悔都來不及了。

姜斷弦來得果然很早。

他走入刑部大牢後的小巷時，看到了一件很奇怪的事。

他看見諸葛大夫被兩個人攙扶著，從大牢後院的邊門走出來。

破曉時分，積雪初溶，冷風如刀。

諸葛大夫臉上卻冒著汗，而且在不停的喘著氣，就好像剛剛做過一種最激烈的運動一樣，看起來已經累得半死。

姜斷弦已經想到他是被慕容秋水請到這裡來醫治丁寧的，所以就讓開路讓他們先走。

諸葛大夫當然也看見他了，臉上忽然露出種很奇怪的表情，好像要告訴姜斷弦一件事，卻又沒有說出來，好像要呼喊掙扎，卻又忽然很快的走了。

直到很久之後，姜斷弦才知道他要說的什麼話，要做的什麼事。

二

一張連油漆都沒有塗的小桌上，擺著一碟半肥瘦的白切羊肉，一碟羊臉子、一碟蔥、一碟醬、一大盤子火燒、一大鍋熱呼呼的羊雜湯，另外再加上兩大壺剛擺在灶灰裡溫過的上好高粱。

這幾樣東西都是姜斷弦每天早上都想吃的，樣樣俱全，一樣不少。

韋好客帶著最勤殷的微笑招呼姜斷弦。

「這是我特地爲你準備的，而且特地從西四胡同馬回回的羊肉床子上切來的。」他說：「我知道你今天還沒有吃過早點。」

姜斷弦看著面前這個身材雖然畸小，其他部份卻全部十分優雅的人，忽然覺得對這個人很佩服。

一個天生有缺陷的人能做到這一點，實在不是件容易的事。

「我早就知道你不但是刑部六司官員中儀表服裝最出眾的一位，你在刑部裡權力之大，也是別人很難想像得到的。」

姜斷弦看著韋好客。

「可是我從來都沒有想到你居然會對我知道的這麼清楚。」姜斷弦說：「你不但知道我早上喜歡吃什麼，而且連我今天早上有沒有吃過早點你都知道。」

韋好客用一種非常優雅的姿勢提起酒壺，爲姜斷弦斟酒。

「姜先生，你應該知道我對你仰慕已久，而且朋友們都知道我是個好客的人。」韋好客說：「像姜先生這樣的貴客臨門，我當然要在很早之前就開始準備，對姜先生的生活起居當然多少都要瞭解一點。」

這句話說的也讓人不得不佩服，輕描淡寫的就把他那些刺探別人隱私的行動都蓋過去了。可是只要想到這位好客的韋好客先生招待貴客們用的是什麼方法，無論任何人都會忍不住要從嘴裡冒出一股涼氣來。

「韋先生，我也久仰你的好客之名，只可惜我今天不是來做客人。」姜斷弦淡淡的說：「我今天是來殺人的。」

「你要殺的人，我也替你準備好了。」

「我知道。」姜斷弦說：「剛才我看到了諸葛仙。」

「哦？」

「他看起來好像累得要命的樣子，好像已經累得隨時都可能昏死過去。」姜斷弦說：「我是一點兒都沒有覺得奇怪。」

「爲什麼？」

「因爲我看見丁寧的時候，他的人和一個死屍已經沒有太大的分別了。」姜斷弦說：「要讓這麼樣的一個死屍站起來走路走到法場，當然是件非常累人的事，不但要有技巧，而且要有體力。」

諸葛大夫善於醫人，卻不善醫己，總是勸人節制，自己卻很放縱。

所以他的體力一向很不好。

「我也知道諸葛大夫這一次一定累慘了。」韋好客在嘆息：「這幾天他非但吃不好睡不好，連他最喜歡的一件事都戒絕了。」

韋好客好像還生怕姜斷弦不知道諸葛大夫最喜歡的是什麼事，所以又強調：「這幾天他非但沒有碰過女人，連看都沒有看過一個，因爲他決心要做一件從來都沒有任何人能夠做到的事。」

「我相信。」姜斷弦說：「如果諸葛仙連女人都不要了，當然，當然是爲了要做一件了不起的大事。」

韋好客在他的貴客面前經常保持著的微笑，忽然變得好像很神秘的樣子。

「可是我相信你永遠都想不到他做出來的是一件多麼奇妙的事。」韋好客說：「他做出來的這件事簡直就是個奇蹟。」

奇蹟絕不是時常都會出現的，時常出現的就不是奇蹟了。

可是有很多人都相信，在這一年的三月十五這一天，確實有過奇蹟出現。

柳伴伴是絕對相信的。

——如果不是因爲這一天有奇蹟出現，她至今猶在與鬼爲伴。

不常出現的奇蹟，當然也是很少有人能夠看得到的，所以韋好客覺得很奇怪。

因爲他問姜斷弦：「你想不想看這個奇蹟？」的時候，姜斷弦的回答居然是——

「我不想。」姜斷弦說：「我只想看看丁寧。」

韋好客的回答也很絕：「如果你真的不想看這個奇蹟，就不要去看丁寧。」

「爲什麼？」

韋好客眼角的笑紋更深；「因爲你看到丁寧，就看到了這個奇蹟。」

三

姜斷弦終於還是看到了韋好客所說的這個奇蹟，因爲他看到了丁寧。

這個奇蹟就是在丁寧身上出現的。

看到了丁寧之後，連姜斷弦都不能不承認這個世界上的確會有奇蹟出現的。

這一次韋好客並沒有把姜斷弦帶到「雅座」去，丁寧當然已不在那裡，因爲有潔癖的諸葛大夫無論爲了任何原因，都不會踩入雅座一步的。

後院長廊的盡頭有一扇門，推開門，是一間非常乾淨幽雅的小屋，一個長身玉立的白衣人，背負著手，看著窗外的一樹梅花，彷彿已看得癡了。

可是姜斷弦一走進來，他立刻就有了警覺，姜斷弦當然也立刻就發覺他是個反應極快的高手。

——這個人是誰呢？韋好客爲什麼要安排他們在這裡相見？丁寧爲什麼反而不見人影？這其中是不是又有陰謀？

就在這一瞬間，姜斷弦已經把自己可以退走的出路和對方可能會發動的攻擊都計劃好了，而且佔據了最有利的地勢和角度。

對方的身分和來意他完全不知道，當然不能先出手。

他只有等。

白衣人背對著他站在窗口，是在癡癡的看著那一樹梅花，彷彿也算準了他絕不會先出手。

兩個人的判斷力都極正確，顯見得都是身經百戰的絕頂高手。

這個神秘的白衣人居然也隱隱有一股可以和姜斷弦匹敵的氣勢，這樣的高手並不多，他究竟是誰？姜斷弦竟然想不出。

在他的記憶中，似乎完全沒有這麼樣一個人出現過。

又過了很久，白衣人忽然輕輕的嘆了口氣，用一種異常悲傷的聲音說：「看梅花開得這麼好，春天恐怕又要過去了。」他說：「爲什麼花開得最好的時候，總也是在它快要凋謝的時候？」

姜斷弦忽然覺得有什麼事不對了。因爲他忽然又有了那種奇異的感覺。

他對這個神秘的白衣人連一點印象都沒有，可是這個人說話的聲音他卻彷彿聽過。

他正要靜下心來再想一想，白衣人卻已慢慢的轉過身來，面對著他，淡淡的對他說：「彭先生，一別經年，別來無恙？」

看到了這個人，姜斷弦的瞳孔突然收縮，連他的心臟和血脈都似已跟著收縮。

他這一生也不知看見過多少讓他吃驚的事，卻從未有一件能讓他如此震懾。

這個神秘的白衣人赫然竟是丁寧，竟是那個姜斷弦前幾天還親眼看見他像豬犬般在暗獄中掙扎，連求救都不可得的丁寧。

姜斷弦當然想不到是他。因爲這種事根本就不會發生的。

這簡直是奇蹟！

四

丁寧的臉上連一點血色都沒有，經年看不見陽光，使得他的臉色看來在蒼白中彷彿帶著種奇異的淡藍色。

在遙遠的西方，這是種貴族們獨有的膚色，也是他們引以爲傲的。但是在丁寧的臉上看起來，卻顯得說不出的悲慘哀傷，說不出的詭秘可怖。

他靜靜的看著姜斷弦，一雙眼睛深得好像連底都看不見了，當然更看不見昔日那種明朗愉快，意氣飛揚的表情。

可是現在他又是以前的丁寧了，他的眼睛又可以看得見，他的手又可以伸直，他的舌頭又可以說出他想說的話。

最重要的是，現在他又可以像一個人一樣站起來。

諸葛大夫究竟用什麼方法使這個奇蹟出現的？

「你是不是一直到現在還不相信站在你面前的這個人就是我？」丁寧淡淡的說：「我不怪你，因爲這種事連我自己都不敢相信。」

「你是不是早已知道我會來？」姜斷弦問。

「我不知道。」

「可是你還沒有回頭，就已經知道來的是我。」

「那只不過因爲我聽得出你的腳步聲。」丁寧說：「十天前你到雅座去的時候，我只不過覺得你的腳步聲很熟而已，可是今天我一聽就知道來的是你。」

「爲什麼？」

「因為今天你有殺氣。」丁寧說：「你一走進來，我就已感覺到。」

——只有在遇到對手時，殺氣才會迸發。

十天前姜斷弦看見的丁寧非但不是一個值得提防的對手，甚至不能算是一個人。

「我答應替你做的事，已經替你做到了，我們昔日的恩怨，現在已了清。」丁寧說：「所以如果你想和我再一決勝負，我還是隨時都可以奉陪。」

姜斷弦沒有再說什麼，很突然的就轉身走了出去，因為他不願讓丁寧看到此刻他臉上的表情。

他看來就像是剛吞下一塊老鼠的臭肉，只想趕快找個沒人的地方去嘔吐。

他走出門的時候，韋好客正好走進去，接著，他就聽見丁寧用一種又愉快、又感激的聲音說：「班沙克，我就知道你一定會想法子救我的，可是我想不通你為什麼一直等到今天才來？」

姜斷弦也想不通。

直到現在為止，丁寧還不知道今天就是他的死期。

他的死既然已是無法避免，韋好客和慕容秋水為什麼還要瞞著他？

一個人在臨死之前還要被人隱藏欺騙，豈非是件很不公平的事？

還有一點讓姜斷弦想不通的是，他對韋好客提出的條件只不過是「要讓丁寧像一個人一樣走進法場。」並沒有要求他們把丁寧完全復原。

丁寧既然已必死無疑，他們為什麼還要諸葛大夫在一個快要死的人身上花費這麼多心血？

諸葛大夫為什麼肯做這種事？

這其中是不是又有什麼陰謀和秘密？丁寧既然已經要死了，死人當然不是陷害的對象，那麼這一次陰謀要陷害的是誰？

姜斷弦走出刑部後院的小門時，天已經完全亮了，而且有了這兩個月難得看見的陽光。可是這時候距離午時至少還有兩個時辰，還來得及到諸葛大夫那裡去走一趟。

五

諸葛大夫是世家子，世代都是極負盛名的儒醫，他在鐵簾子胡同裡的這一座宅第，雖然是在兩百多年以前建造的，卻絲毫看不出一點陳舊殘破之處，讓人只覺得它的建築雄偉氣象宏大。

可惜支持這棟巨宅的大樑已經斷了。

「姜執事，小人當然知道您的身分，如果不是老爺真的有重病，怎麼會擋您的駕！」諸葛大夫的老管家對姜斷弦說：「這一點千萬要請您老人家包涵，等老爺的病一好，立刻就會到府上去回拜。」

他說得不但客氣，而且誠懇，只可惜姜斷弦連一個字都聽不進去。

一向都很明白事理的姜斷弦，今天居然好像變得有點不講理，不管怎麼樣，都非要見諸葛一面不可，甚至還暗示那位老管家，必要時他不惜用武力硬闖。

老管家慌了，這一類的事他當然是應付不了的，在諸葛大夫家裡，出面應付這種事的通常只有一個人——諸葛的如夫人，也就是大家都稱爲「二奶奶」的諸葛小仙。

諸葛小仙本來當然不姓諸葛，本來她姓什麼根本就沒有人知道，可是大家都知道八大胡同裡頭的一號紅姑娘，就是小仙。

「你是諸葛仙，我是小仙，我好像天生就是你的人。」

這就是她第一次見到諸葛大夫時說的話，所以她很快就變成了諸葛家的二奶奶。

這位二奶奶當然是位極精明厲害的角色，姜斷弦是在第三進院子中的花廳見到她的。

看到了姜斷弦的臉色，她立刻就發現這位惡客是誰也擋不住的了，所以她立刻就說：

「姜執事，如果你一定要見我們家老爺，我可以帶你去見他，我只希望你以後無論在任何情況下，都不要把見到他之後的情況告訴別人。」

這是個非常奇怪的要求，其中顯然又藏有一些不可告人的秘密。

姜斷弦雖然覺得奇怪，卻不能不答應，等到他見到諸葛大夫之後，才發現這個要求居然是非常合理的。

姜斷弦見到諸葛大夫時，他已經死了很久，連屍體都已僵硬冰冷。

每個人都要死的，死人並不奇怪，這位二奶奶爲什麼要姜斷弦保守秘密？

「姜執事，我知道你是個見多識廣的人，我想你一定能看得出我們家老爺是怎麼死的？」

姜斷弦當然看得出。

各式各樣的死人他都看得多了，致死的原因如果很特別，死後通常都會有特別的徵兆。

諸葛剛才看起來雖然好像很累很累的樣子，但卻絕不是累死的，他的臉已痙攣扭曲，而且呈現出一種詭秘的暗青色。

姜斷弦一眼就已看出，他是被一種極厲害的毒液所毒死的。

「我們家老爺在刑堂耽了九天，一回來就死了，而且是被毒死的，這件事如果傳出去，我們家上下一百多口人恐怕就沒有一個能活得下去了。」

二奶奶很平靜的說：「所以我剛剛才會求姜執事不要把這件事說出去，我想姜執事現在大概已經明白了我的意思。」

現在姜斷弦不但已明白她的意思，而且已經對這位二奶奶開始有點佩服起來。

「諸葛大夫和刑部裡的人以前有沒有什麼恩怨？」姜斷弦問。

「沒有。」二奶奶斷然回答：「絕對沒有。」

「這次誰請他到刑堂去的？」

「本來我一直以爲是刑部裡一位姓王的司官，可是後來我就知道絕不是他。」

「爲什麼？」

「姜執事，你大概知道我們家老爺的脾氣，憑一位司官，怎麼能把他請到刑部去，而且一耽就是八九天？」二奶奶把條理說得很明白。

「現在你是不是知道是誰請他去？」姜斷弦又問。

「是慕容公子，慕容秋水。」二奶奶說：「他要我們家老爺去救治一個犯人。」

「你知道這個犯人是誰？」

二奶奶遲疑著，終於承認：「我聽老爺說起過，這個人姓丁，叫丁寧，不但他自己在江湖中的名頭極大，家世也很顯赫，所以……」

「所以怎麼樣！」姜斷弦追問。

二奶奶又猶豫很久，才下定決心：「姜執事，我信任你，所以我才把這件事的始末都告訴你。」她說：「可是我也有些事要問你，我希望你也不要隱瞞我。」

她立即就問姜斷弦：「聽說韋好客這次是特地請你來處決一個江洋大盜的，不知道這個大盜是否就是丁寧？」

「是。」

「你認得他？」

「我認得。」

「我見過。」

「他進了韋好客的雅座之後，你還有沒有見過他？」二奶奶問姜斷弦。

「那麼你當然知道，這位本來很英挺的年輕人，後來已變得不成人形了，不但眼瞼被縫合，舌頭被截短，連手足四肢的關節都已軟癱。」

二奶奶又問姜斷弦：「你知道這是誰下的毒手？」

「是諸葛大夫？」

「是的。」二奶奶嘆了口氣：「我跟他多年夫妻，一向很瞭解他的爲人！我相信他本來絕不會做這種事的，何況這位丁公子和他還有點淵源。」

「可是他已經做出來了。」

「雖然做了出來，卻沒有做得很絕。」二奶奶說：「每一部份他都替丁公子留了後路。」她又解釋：「他雖然縫合了丁公子的眼睛，卻沒有損傷到他的眼睛，只要用同樣精細的手術將縫線拆除，丁公子立刻就會像以前一樣看得見。」

這種手術雖然複雜精細，卻不是做不到的。所以姜斷弦只問：「他的舌頭呢？」

「他的舌頭也沒有被截短，只不過是被摺捲之後又縫合到他的下顎去，只要拆除縫線，也立刻就可以恢復如前。」

姜斷弦沒有再問丁寧的手足關節是如何復原的，如果連這兩種手術都能精確完成，別的事還有什麼是諸葛仙做不到的？

「我們老爺這麼樣做，本來就是爲了日後還可以把丁公子救治復原。」二奶奶說：「可是慕容來請他的時候，他卻很不願意去！」

「爲什麼？」

「因爲他覺得這件事裡面有一點極大的可疑之處，其中必定暗藏陰謀。」

「哦？」

「丁公子既然已必死無疑，慕容爲什麼還要在他身上花這麼多心血？」

關於這一點，姜斷弦的想法是和諸葛大夫完全相同的。他只問：「諸葛大夫既然已經對這件事有了懷疑，爲什麼又要去做這件事？」

二奶奶嘆息：「那當然是逼不得已，一個人只要活著，總難免要去做一些自己不願做的事。」

她的言詞很閃爍，其中顯然還別有隱情，對聲色一向很放縱的諸葛仙，總難免有些把柄被慕容秋水掐在手裡，所以姜斷弦並沒有追問下去。

他只殺人，從不刺探別人的隱私，他一向認爲後者的行爲遠比殺人更卑賤可恥。

「諸葛大夫從刑堂回來之後，還說了些什麼？」姜斷弦問。

二奶奶神色黯然：「他一回來，就說了一句非常奇怪的話。」

「什麼話？」

「他要我趕快替他準備後事，好像知道自己活不長了。」二奶奶說：「然後他又再三叮嚀我，絕不能把他真正的死因說出去。」

她極力控制住自己，才能使聲音保持平靜：「我想那時候他一定已經看出了慕容秋水的陰謀！」

「他沒有說出來？」

「沒有。」

「爲什麼?」

「因爲他死得太快。」

二奶奶勉強笑了笑，笑得那麼淒涼，那麼令人心酸：「不管怎麼樣，他總算死得很平靜，連一點痛苦都沒有，他這一輩子，也可以算是活得很開心，痛苦的只不過是一些現在還活著的人。」

只不過人還是要活下去，該挑的擔子還是要挑起來。

「所以我們家老爺是因爲暴病而死的，和慕容秋水完全沒有絲毫關係。」二奶奶說：「我只希望慕容公子也能從此忘記我們這一家人。」

姜斷弦看著這個曾經在風塵中打過無數次滾的女人，態度遠比對一個世家的淑女和貴婦更尊敬。

「二奶奶，」他很誠懇的說：「諸葛家有了你，實在是一家人的運氣。」

直到他離開這地方，始終都沒有看見她的眼睛裡有一顆眼淚掉下來。

這時候距離午時已很近了，姜斷弦穿小路回刑部，經過一個酒樓時，又喝了三大碗。

諸葛大夫的死使得他心裡很難受，慕容秋水做的這件事又讓他覺得有點發悶。

他一定要喝點酒來提神，免得神思恍惚，一刀砍錯地方。

這一刀是萬萬錯不得分毫的。否則他必將痛悔一生。

六

慕容秋水這一天起得特別早，一早就在韋好客的房裡等著。

這天早上他的臉色看來比平常更蒼白，而且帶著種很奇怪的表情，連韋好客特別爲他準備的一樽很難找到的葡萄酒，他都沒有碰。

這位平時連天塌下來都不在乎的貴公子，今天心裡彷彿也有件很不對勁的事，甚至已經變得開始有點暴躁起來。

幸好韋好客總算及時趕回來了，慕容秋水立刻就問他：「姜斷弦是不是已經見過了丁寧？」

「是的。」韋好客說：「丁寧的樣子看來好極了，誰也看不出他曾經在雅座裡耽過那麼久。」

「姜斷弦呢？」

「他還是陰陽怪氣的沉著一張臉，誰也看不出他心裡在想什麼。」韋好客說：「可是我保證他也絕對看不出這件事有什麼不對。」

「丁寧對你的態度如何？」

「他對我當然感激得要命，他本來就相信我們一定會想法子把他救出來的，對這件事當然更不會有絲毫懷疑。」

慕容秋水笑了笑，笑容中又露出了他獨有的那種譏誚之意。

「他當然不會懷疑你，你豈非一直都是他最好的朋友？」

韋好客的眼神冰冷，冷冷的看著他，冷冷的問：「你難道不是他的好朋友？」

「但是我並沒有要把他送到法場去。」慕容秋水說：「把那根用牛筋和金線絞成的繩子綁到他身上去的人，好像也不是我。」

韋好客的臉色更陰沉，卻又偏偏帶著笑。

「不錯，這些事都是我做的，和你一點關係都沒有。」他說：「飲酒吟詩，調弦奏曲，這一類風雅的事，才是慕容公子應該做的，要殺人，怎麼能讓你出手？」

「那倒一點都不假。」

慕容秋水用一種很愉快的表情看著他那雙修長潔白的手，悠然道：「我這雙手上，的確從來都沒有染到過一點血腥。」

「你當然也不會去見丁寧。」

慕容秋水嘆了口氣，神色又變得很黯淡：「相見爭如不見，見了也只不過唯有徒亂人意而已，又何必去見？」

「有理，」韋好客也淡淡的說：「你的話爲什麼總是有道理的？」

慕容秋水大笑，用一種非常優雅的手勢，爲自己斟了杯酒，對空舉杯，一飲而盡。

「丁寧，你要記住，你的大好頭顱，是被姜斷弦手中的刀砍落的，關於這一點，我保證他推托不了。」慕容說：「我也可以保證，我一定很快就會讓丁老伯和伯母知道這件事，所以姜斷弦的死期當然也不遠了。」

江湖中人，含毗必報，戰敗之辱，更必報不可，姜斷弦要殺丁寧，絕對是天經地義的事。優勝劣敗，勝者生，敗者死，這本來就是江湖人一向奉行不渝的規則。就算死者的親人朋友要報仇，也不會牽連到第三者。

可是丁寧死的時候如果已經是個受盡了百般折磨，被折磨得不成人形的殘廢，情況就不同了。

在那種情況下，要替丁寧報仇的人，要找的就不是操刀的劊子手，而是把丁寧折磨夠了才送去挨刀的人，追根究底，那麼因夢、韋好客、慕容秋水都脫不了關係。

所以丁寧一定先被治癒，絕不能讓任何人看出他曾經遭受過一段非人的經歷，也不是被人綁上法場的。

這一段日子裡發生的事，一定要被全部抹煞，就好像根本沒有發生過。

那麼丁寧的死，就只不過是他和姜斷弦私人之間的恩怨了。

一戰決生死，生死俱無話說。

這個計劃中最重要的一點就是保密，絕對保密。

幸好知道這秘密的人並不多，除了因夢、韋好客、慕容秋水外，只有諸葛大夫。

因夢當然不會說，韋好客和慕容秋水當然更不會說。

所以諸葛大夫就非死不可了。

爲了捲入一件漩渦而被人殺死滅口的人，他絕不是第一個，也不會是最後一個。

丁寧絕不會白死的，要替他復仇的人，絕對比任何人想像中都要多得多。被他們追殺尋仇的人，上天入地都休想逃得過。

所以姜斷弦一刀砍落丁寧頭顱時，就等於已經判了自己的死刑。

一石兩鳥，兩個人都死定了，誰也不會把他們的死和慕容、因夢、韋好客牽涉到一起。

這一點才是這個計劃中最巧妙之處。

午時，日正當中，無論誰都不會期望再有奇蹟出現了。

這時候丁寧已到了法場。

七 法場

一

近百年來，處決死囚的法場都在菜市口，有人犯要被處決的那一天，聞風而來看熱鬧的人，一大早就把法場四面一層又一層的圍住，爭先恐後，萬頭蜂擁，比大年初一趕廟會逛廠甸還熱鬧。

殺人絕不是一件好玩的事，更不好看，可是大家卻偏偏都要等著看刀鋒砍下人頭落地時的那一股新鮮刺激的勁兒。

這是不是因爲人類的本性中，的確潛伏著一種殘酷暴戾的惡性？

近百年來所有被判死刑的貪官惡吏奸臣巨盜，都是在這裡被處決的，只有這一次例外。

每一次有人被處決時，向例都不禁止百姓觀刑，這一次也是例外。

這是一次極機密的行動，除了執行這次事件的劊子手和一隊韋好客的親信衛士外，任何人都不能踏入法場一步。

韋好客當面交代過他的衛士，只要發現有閒雜人等進入法場，一律格殺勿論。

二

秘密的法場設在刑部大膳房後一個燒煤的大院裡，去年秋冬之交燒成的煤球，到現在還沒有用完，天晴的時候，就得把這些煤渣子做的煤球從地窖裡拿出來曬乾，一行行很整齊的排列在院子裡，遠遠看過去，就像是一個個被燒焦了的人頭一樣。

現在天氣已經漸漸轉暖，所以煤場的管事老詹早幾天就把那個燒煤的瓦窯封了起來，免得窯裡發潮，再要升火燒煤時就費事了。

前面官房裡用的都是上好的焦煤木炭，除了大膳房的伙夫每天早上到這裡來領一次煤之外，平時根本看不見人影。

可是現在院子四周都有佩刀的衛士在看守巡弋，靠牆的背風處，還擺著一張公房用的長案，和一張鋪著大紅布的交椅。到了午時三刻行刑時，監斬官就坐在這裡。

今天的監斬官是誰，連在場巡守的這些衛士都不知道。

這種情況也是平時很少見的。

法場裡裡外外都已被清查過好幾次，平時那些常在附近蹓躂，想找個機會偷幾個煤球回去燒飯取暖的乞丐無賴混混，都已被肅清，連煤場的老管事詹瘤子，都不許逗留在這裡。

只可惜每件事都有例外的。

誰也想不到在這個防守如此嚴密的地方，居然還是有人混了進來，躲在一個極隱密之處，等著看丁寧的人頭落地。

三

直到午時的前一刻，監斬官才出現在牢房裡那間特地爲韋好客準備作他喝茶休息處的秘室中。

這位監斬官神情威猛，骨骼極大，但卻很瘦，頭髮花白，一張瘦稜稜的臉上，長著對三角眼，眼中兇光四射，世上彷彿沒有什麼事能逃得過他這雙銳眼。

他穿的雖然是一套半舊的六品官服，但是無論怎麼看也不像是公門中人。

尤其是那一雙大手，手背上青筋凸起如盤蛇，手掌上的老繭幾乎有半寸厚，兩額邊的太陽穴也高高凸起，外門硬功顯然已有極深的火候。

刑部裡雖然藏龍臥虎，但是也絕不會有這樣的人物。

韋好客已經在秘室中等了很久，看見這個人出現，才鬆了口氣。

「謝天謝地，你總算及時趕來了。」

監斬官的聲音低沉沙啞急促，很快的提出了一連串的問題：「除了你以外，有沒有別人知道我會來？」

「沒有。」韋好客強調：「絕對沒有。」

「執刑的真是彭十三豆？」

「執刑的是姜斷弦，姜斷弦就是彭十三豆。」

「法場是不是已清查過了？」

「是。」韋好客說：「我已經親自監督清查過三次，場上的衛卒也都是我親手訓練出來的，絕不會有什麼問題。」

「犯人呢？」監斬官問：「聽說他本來也是個厲害的角色。」

「不但厲害，而且很厲害。」

「你已經把他上了綁？」

「當然。」

「你是用什麼綁住他的？」

韋好客沒有回答這句話，卻從身上拿出了一條黑色的繩索，看來毫不起眼。

監斬官接過來，雙手絞緊，用力一扯，手背上青筋躍動，額角也有青筋暴現，全身骨節都在「格格」的響。

繩子卻沒有斷。

韋好客悠然：「如果連你都扯不斷這條繩子，世上還有誰能掙得脫？」

「你說得對。」監斬官說：「再見。」

韋好客傻了。

「再見？」他問這位監斬官：「再見是什麼意思？」

再見的意思韋先生當然不會不懂，他只不過不相信而已。

他絕不相信這位他特地用重金請來的監斬官忽然要走。

可是現在他已經不能不相信了，因爲他認爲絕不會走的人已經走出了門，而且還告訴他：「再見的意思就是說我要走了。」監斬官說：「現在我還可以再說一遍！」

他果然又說：「再見。」

「不行，你不能對我說再見。」韋好客趕上去拉住了他，「別人都可以說，你不能說。」

「爲什麼？」

「因爲你還有十五萬七千五百兩銀子沒有拿走。」韋好客說：「你答應要爲我做此事也沒有做。」

「這件事，我是不會做的了。」監斬官說：「所以銀子我也不能要。」

韋好客當然又要問：「爲什麼？」

「其實你不問也應該知道的，」監斬官說：「多年以前，你已經很瞭解我這個人。」

這位監斬官究竟是個什麼樣的人？

他當然是個很奇怪的人，不但性格奇怪、武功奇怪、職業也很奇怪，放眼天下，做他這種職業的人絕不會超過三個。

在某一方面來說，他可以算是個「保護安全的人」，可是他做的事，性質又和保鏢完全不同。

保鏢是在罪案發生時保護別人性命財產的人，他的任務卻是預防，在罪案還沒有發生時，就預先將它阻止，從根本將它消除。

他所保護的對象，也不僅是別人的生命財產，而且防止所有可能會發生的罪案和意外。

譬如說，有一個林場受到仇家歹徒的勒索或威脅，很可能會被人縱火，如果能請到他，這種危險就解除了。

因爲他絕對能在事先找出每一個可能會縱火的人和每一條可疑的線索。

他絕不是個救火的人，可是只要有他，這件縱火的案件根本就不會發生。這當然遠比火起之後再去設法撲滅要高明得多。

所以他的收費當然也比一般鏢客高得多。

最重要的一點是，他要執行他的任務時，從未發生過一點疏忽，也從未失敗過。

「我要你十五萬七千五百兩銀子，你肯給我，當然是因爲我値得，我當然也受之無愧。」

這位監斬官說：「因爲那時候我一直認爲這件事非要我來做不可！」

「事情本來就是這樣子的。」

「可是現在情況不同了，所以我連你一文錢都不能收。」

「現在的情況爲什麼不同？」韋好客又問。

「你用高價請我來，只爲了要我防止法場上所有的意外，讓姜斷弦可以順利執行。」監斬官說：「我肯來，只因爲我覺得你既然肯出如此高價，被處決的當然是一名極重要的人物，會發生意外的可能極大。」

「不錯。」

「可是現在我才知道這件事根本用不著我來做的。」監斬官說：「因爲法場上根本就不可能會有任何意外發生。」

他又解釋：「你不但把這件事做得非常機密，而且把每一個細節都安排得很好，連我都找不出一點疏忽，何況還有你和姜斷弦這樣的絕頂高手在場監督，就算有什麼意外，有你們兩位在也已足夠。」

監斬官說：「所以這次你請我來根本就是多餘的，所以我才只有對你說再見了。」

「你還是不能走。」

這次是監斬官問韋好客：「爲什麼？」

「因爲兩個人。」韋好客說：「兩個女人。」

「女人？」監斬官皺了皺眉：「一件事如果牽涉到女人，就比較麻煩了。」

所以他又轉回來，又問韋好客：「這種事怎麼會牽涉到女人？」

韋好客笑了笑，把監斬官剛才說他的一句話輕描淡寫的送了回去。

「這一點你不問也應該知道的。」他說：「這個世界上又有哪一件事沒有牽涉到女人？」沒有人能否認這一點，所以這位監斬官只有聽著韋好客說下去。

「尤其是這件事，根本就是一個女人引起來的。」韋好客說：「這個女人跟你好像也有點關係！」

「你說的是誰！」

「十年之前，你身邊是不是總帶著一個姓景的小女孩？」韋好客說：「我記得你好像還把你獨門傳授的一套分筋錯骨手教給了她。」

神情鎮靜的監斬官臉色忽然變了，甚至連肩上的肌肉都已繃緊。

「你說的是小景？」

「不錯，我說的就是她。」韋好客說：「只不過這位小景姑娘早就已經長大了，而且已經變成了江湖中最有名的一位名女人。」

「我知道。」監斬官雖然在極力控制著自己，眼中還是忍不住流露出痛苦之色：「我知道那位了不起的因夢夫人就是景因夢。」

「不是景因夢，是花景因夢。」韋好客淡淡的說：「你既然知道她跟你離開之後的那一段輝煌事跡，當然也應該知道她已經嫁給了江湖中最有名的浪子花錯。」

監斬官沉默了很久，才搖了搖頭，「我不知道。」他說。

他說的不是假話。

有些事明明是每個人都知道，你自己明明也應該知道，可是你卻偏偏不知道。

這大概也是人類最大的悲哀之一。

「今天要處決的犯人，就是花景因夢送來的，可是她又不想要他死得太快，所以今天她很可能要到這裡製造一些意外。」韋好客說：「她會做出些什麼事，會請到些什麼人來？我一點都猜不到。」

這位因夢夫人本來就是個讓人永遠都猜不透的女人。

「所以我就問我自己，這個世界上如果還有一個人能猜透花景因夢的做法，這個人是誰呢？」

韋好客用一種慕容秋水看他的眼神看著監斬官：「這個人當然就是你。」

監斬官沉默。

他不能說話，有話也不能說，一個有價值的男人，總是要把很多本來很想說出來的話放在心裡，能夠隨便說話的男人，總難免會被人輕視。

「另外一個女人，就是你絕不會認得的了。」韋好客說：「十年前你還在江湖中行走時，她還是個剛斷奶的孩子。」

監斬官冷冷的說：「這個孩子現在是不是也已經長大了？」

「不但長大了，而且長得非常好看。」

「有多好看？」

「我也說不出她究竟有多好看，我只知道連慕容公子都迷上了她。」

「能夠把慕容秋水迷住的女人，總是有點道理的。」監斬官好像已經完全擺脫了他對往事痛苦的回憶，完全進入了他的任務，「像這樣的女人，隨時都可以製造出一些讓人頭痛的意外來。」

他忽然問了句韋好客從未想到他會問出來的話。他居然問韋好客：「你說的這個女人，是不是柳伴伴？」

韋好客一怔，又笑。

「我真是想不到，這幾年來，你好像已經不太過問江湖的事了。」他說：「想不到你對我們的事還是知道這麼多。」

「如果你們隨時都能找到我，我怎麼能不知道你們的事……」監斬官冷冷的說：「一個人想要好好的活下去，就不能不知道一些他根本不想知道的事。」

他冰冷的聲音裡忽然又露出了一點悲傷：「只可惜有一些他很想知道的事，他卻總是不知道。」

這是他的痛苦，和韋好客無關。

所以韋先生很快就錯開了這個話題：「柳伴伴的人雖然已經長大了，做出來的事卻還是常常會像一個小孩子，所以她並不可怕。」

「可怕的是誰？」

「可怕的是那些她一定會去找，而且一定能找到的人。」

「一個小女孩竟然能找到能讓你覺得可怕的人。」監斬官又恢復了他職業性的冷靜。

「因為她看到了慕容秋水檔案中最可怕的幾位殺手的資料。」韋好客說：「而且她也有本事從慕容那裡拿走了一批足夠打動那些殺手的珠寶。」

監斬官冷冷的對著他看了很久，忽然又問了一句出乎韋好客意料之外的話：「那些珠寶和那些資料，是不是慕容秋水故意讓她拿走的？」

「慕容為什麼要這樣做？」韋好客雖然驚訝，卻仍然很沉得住氣。

監斬官的回答，卻讓他開始有點沉不住氣了。

「因為這件事，一定有陰謀，所以你們一定要製造一些混亂，讓別人摸不透這件事究竟是怎麼回事。」監斬官說：「如果事情不是這樣子的，那麼一個小姑娘怎麼能在慕容眼前玩花樣?」他很冷靜的說：「如果不是慕容故意放手，這位柳伴伴姑娘恐怕連他的一隻襪子都拿不走。」

這一點也是任何人都不能否認的，所以韋好客也只好說：「這件事究竟是怎麼回事，我也不知道。」他說：「我只知道這件事的確是真的。」

「我相信。」

「所以你也一定要相信，柳伴伴一定已經用那批珠寶，請到了我們資料中記錄的一些最可怕的殺手。」韋好客說：「而且最近我們根本看不到她的人。」

「你認爲她能找來的是些什麼人?」

「我不知道。」韋好客說：「就因爲我不知道，所以我才肯花十五萬七千五百兩銀子請你來，所以你也就絕不能對我說再見了。」

四

誰也想不到這時候柳伴伴已經到了法場，而且到的比任何人都早。

天還沒有亮，牧羊兒就扯著她的頭髮，把她從稻草堆裡拉了起來。

「你不給我吃的，我就挨餓，你不給我穿的，我就挨凍，我吃的、穿的連一隻麻雀都比不上，我都忍住了。」

柳伴伴用一雙充滿了悲傷、仇恨、忿怒的淚眼，瞪著這個變態的侏儒。

「可是我實在不明白，現在你爲什麼連覺都不讓我睡了？」

「因爲今天是個特別的日子。」牧羊兒獰笑：「今天我要帶你去看一樣特別的東西。」

「去看一個人的腦袋怎麼樣離開他的脖子。」

牧羊兒咯咯的笑，笑的聲音比貓頭鷹還要難聽得多，笑得愉快極了。

「這件事一定有趣得很，每一個動作我都不會錯過的。」他對伴伴說：「我相信你一定也不肯錯過的。」

柳伴伴的身子已經縮成了一團，看起來就像是一隻落入獵人陷阱的野獸，不僅絕望，而且無助。

「你說的這個人是丁寧？」

「大概是的。」

「今天已經是三月十五日？」

「好像是的。」

「好，我跟你去。」伴伴咬著牙，掙扎著爬起來，「你能不能找一件完整的衣裳給我穿？」

「不能。」

「求求你，現在我已經是你的女人了，你總不能讓我光著身子走出去吧？」

看著她苦苦哀求的樣子，牧羊兒當然笑得更愉快。

「我不是不讓你穿衣服，而是你根本就不必穿衣服。」

「爲什麼？」

「因爲這一路上根本就不會有人看見你。」牧羊兒故意壓低聲音，做出很神秘的樣子：「這當然是個秘密，我只能告訴你一個人。」

伴伴只有聽著他說下去。

「今天的法場，和平常完全不同，根本就禁止旁觀，無論誰只要妄入一步，一律格殺勿論。」牧羊兒說：「幸好我還是有法子可以進去，你應該知道無論遇到什麼事，我都有法子對付。」

他笑容邪極，眼神更邪：「連你這樣的女人我都能對付，還有什麼事是我對付不了的？」

他的眼神不但邪氣，而且可怕，又好像隨時都會做出那些可怕的事來。

對這一類的事，件件反而習慣了，只希望自己還能再看丁寧最後一面。不管這個瘋子將要怎麼樣對她，她都不在乎。

奇怪的是，牧羊兒這一次居然什麼事都沒有做，因爲他忽然聽到遠處傳來一陣車輪馬蹄聲，和一聲吹得非常難聽的口哨。

他眼中那種瘋狂的邪氣立刻消失，精神也立刻振作了很多。

「人來了。」

「什麼人來了？」

「當然是帶路的人，」牧羊兒說：「這個老烏龜雖然不能算是個人，卻只有他可以帶我們進法場。」

他的心情顯然很好，所以又解釋：「這個老王八旦姓詹，是個燒煤的。」

「一個燒煤的老頭能帶我們進法場？」

輪聲馬蹄已近，牧羊兒不再解釋，只說：「你很快就會明白的。」

一輛破車，一匹瘦馬，一個又黑又乾的矮小佝僂的小老頭，停在一個羊圈子的後門，又撮起他那乾癟的嘴，吹了聲難聽的口哨。

然後他立刻就看見一個幾乎是完全赤裸的長腿女人閃了出來，很快的鑽入了他那個用油布蓋成的破舊車廂。

經過西城一個老太監的介紹去跟他談「生意」，而且已經先付過他五百兩金葉子的那個侏儒，居然就騎在她肩上。

老詹往地上重重唾了一口。

——這個三分不像人七分倒像鬼的小鳥蛋，居然有這麼好的福氣，又有女人，又有金葉子，我詹天福卻陪著煤球過了一輩子。

心裡雖然在罵，另外還有五百兩金葉子沒到手，所以還是只有按照預定計劃行事。

車馬穿過風雲小巷，走了半個時辰，居然走進了一片亂墳。

牧羊兒從車廂裡探出頭來，皺起了眉，「韋好客就算再不爭氣，也不會在這裡殺人。」

「這裡本來就不是殺人的地方。」

「那你爲什麼帶我來？」

老詹歪著嘴笑了笑：「我只說這裡不是殺人的地方，可沒說這裡不是收錢的地方。」

牧羊兒也笑了。

他最明白這些老奸，所以金葉子很快就送到老詹手裡：「現在你是不是已經可以帶我去了？」

「還不行。」

「為什麼？」

老詹瞇起了眼睛，壓低了聲音：「我的年紀大了，眼睛也不行了，剛才也不知道是不是看見了鬼。」

牧羊兒也故意壓低了聲音問：「你看見的是個什麼樣的鬼？」

「好像是個女鬼，一條腿好長好長的，身上好像連衣服都沒有穿。」

「你看見那個女鬼身上長著的真是一條腿？」

老詹笑了。

「當然不是一條腿，是一雙腿。」

牧羊兒也鬆了口氣：「如果一雙腿，那麼你看見的就不是女鬼了。」

「可是在這麼冷的天氣裡，她身上只掛著點破布，為什麼好像一點都不冷？」

「因為她不怕冷。」牧羊兒說：「她從小就是在高山上長大的，從小就光著屁股滿山亂跑。」

「那麼我剛剛看的真是一個女人？不是女鬼？」老詹問。

「你放心，錯不了。」

老詹又瞇起了眼，把兩隻老狐狸般的眼睛瞇成了一條線：「如果我們車子上真有那麼樣一個女人，你就錯了，而且錯得厲害。」

「我有什麼錯？」

老詹立刻板起了臉，眼睛也瞪了起來。

「我們當初說好的，我帶你們進法場，一個人五百兩金葉子。你爲什麼要帶一個女人來？」

「我不該帶女人來的？」牧羊兒問。

「當然不該。」老詹更生氣：「你應該知道，你也不是不知道，女人的嘴巴有多大，萬一把我的秘密洩露出去怎麼辦？你是不是要把我這個腦袋瓜子砍了去餵狗？」

「我絕沒有這個意思。」

「那麼你就應該知道，在做我們這種事情的時候，女人根本就不能算人，如果你一定要帶著她，我們這次的交易就算吹了。」

牧羊兒的眼睛立刻也笑得變成一條線。

「果然薑是老的辣，果然想得周到，其實我的想法也跟你老人家一樣，有時候女人根本就不是人。」牧羊兒：「其實我對這件事情也早就有了打算。」

「什麼打算？」

「只要一到了你老人家替我安排好的進法場的秘道，我就把這個長腿的小母狗交給你。」

老詹的眼睛又開始像要瞇起來了。

油布車篷裡傳出女人的抗議聲，和這個女人接連挨了七、八個耳光的聲音。

老詹聽到了這些聲響之後，神色當然更愉快，卻偏偏又在拚命的搖頭。

「那不行。」他很堅決的表示拒絕：「像我這麼樣一個老頭子，老得連撒尿都快要撒不出來了，你把這個小姑娘交給我幹什麼？」

「雖然不能幹什麼，用處總有一點的。」牧羊兒笑瞇瞇的說：「三更半夜，天寒地凍，有個人扶你去撒尿，總不是壞事。」

「這話倒也不錯。」老詹已經在點頭了：「我詹天福雖然老眼昏花，總算還沒有看錯你這個人。」

他的心裡的確是在這麼想的，他自己的確覺得沒有看錯牧羊兒。

——這個人不像人，鬼不像鬼的小皮猴兒，老子不把他連皮帶骨都榨得乾乾的，那就真對不起自己了。

——一個人在吃定了一個人的時候，就要把他吃得死死的，絕不能讓他喘氣，更不能讓他翻身。

有很多人待人處世的原則就是這樣子的，而且居然常常能行得通。

譬如說這位詹天福詹大總管詹老先生。

現在他黃金在懷，美人也即將在抱，你說他心裡高不高興？

所以他看起來都好像年輕了廿歲。

牧羊兒低聲下氣的陪著笑，從殘破的油布車裡看進去，隨時都可以看到一雙很長的腿，雖然看不太清楚，可是「看不清楚」豈非總是比「看得清楚」更好玩？

老詹揮鞭打馬，好像認為替他拉車的瘦馬也跟他一樣年輕了廿歲。

老馬既不喜歡黃金，也不喜歡女人，可是鞭子抽在牠身上，牠還是和以前一樣覺得會痛的。

所以牠還是只有往前跑，還是把車子拉到了法場秘道的入口。

這個世界上豈非也有很多人像老馬一樣，總是不懂得那些聰明人的原則，總是不會吃人，只會吃草？

請續看《風鈴中的刀聲》下冊

【附錄】

古龍大事紀

陳舜儀 整理

一九三八年 六月七日，熊耀華生於香港（一說上海），生肖屬虎。

一九四五年 隨父親熊飛居於漢口。龔鵬程〈人在江湖〉：「從六七歲時在漢口看『娃娃書』起，就與武俠結下了不解之緣。」據《中央日報》報導，熊飛時任交通部特派員辦事廳採購組組長，因涉嫌貪污勒索而被法辦。

一九五〇年 舉家由香港遷往台灣。申報戶口時出生年份改為一九四一年。在香港時就讀於天主教的德聲學校，父親曾擔任大光明戲院的經理。

一九五一年 就讀於省立台灣師範學院附屬中學（今師大附中）初中部三十六班。一說一九五二年。有些稗官野史說他讀過文山中學。不排除來台後先讀文山，再轉學進入附中。

一九五三年 作家鄒郎〈來似清風去似煙〉：「民國四十一年，我看到他在聯合報副刊發表一首十四行新詩，就覺得此人有非常敏銳的文字細胞。」

一九五四年 三月一日，以筆名古龍於《自由青年》第十一卷第三期發表譯作〈神秘的貸款〉。秋季，進入省立成功中學（**高中**）就讀。據龔鵬程〈人在江湖〉，古龍在校期間「辦刊物」，如《中學生文藝》、《青年雜誌》、《成功青年》，且在《藍星詩刊》上發表新詩。當時詩人紀弦在該校任教。

一九五五年 父親拋棄家庭，母親帶著一子三女自力生活，未幾長子熊耀華逃家出走。疑高中未畢業。

關於分崩離析的起點，《聯合報》（**一九八五年四月十日**）：「古龍說，三十多年前，他父親拋棄了他的母親，以及他和三個妹妹，全家陷於困窘。母親含莘茹苦，撫養他們兄妹。他上高中時，為了幫助家計，賺取學費，開始投稿，沒想到從此走上武俠小說創作之路。」又引熊飛同居人張秀碧的說法：「廿多年前，剛認識他的時候，正好他作生意失敗，那時，他很沮喪、潦倒，又碰到家庭發生不愉快，所以很快地他們就在一起，到現在沒有夫妻名分。」指向古龍初中時父親即已離家。但一九八五年《翡翠周刊》一一六期〈古龍檔案〉聲稱熊飛愛上有夫之婦張秀碧，為此離家，而古龍當時「正在唸高中二年級」。九月廿二日《聯合報》也報導：「十八歲開始援助中斷。入冬夜行街頭，無家可歸，幸好有一位朋友相助，在浦城街找到小小的避風遮雨的住處」。〈古龍檔案〉又說：「當父母仳離時，古龍和三個妹妹，是跟著母親一起生活。但困窘的家境，以及缺乏溫暖的家況，讓古龍心中充滿了自卑與憤恨。因此母親帶著他們自立門戶沒多久，古龍便逃離了他破碎的家。」其後經友人介紹，到出版社擔任抄寫工作（**一說到省立師院**）。又鄒郎〈來似清風去似煙〉：「離家出走後，曾為老『四海』小兄弟」，直指古龍投身於四海幫，該幫派與竹聯幫並列為兩大外省幫派。

十一月，於《晨光雜誌》第三卷第九期發表短篇文藝小說〈從北國到南國〉，古龍以此為小說處女作及職業寫作的起點。

一九五七年 進入淡江英語專科學校（**今淡江大學**）英語科夜間部就讀。據吳佳真〈七嘴八舌話古龍——大學同窗訪問錄〉，同學稱古龍為「大頭」，並且「由於大一同學們感情很好，使得古龍將許多大學同學的名字放進小說，並且會依他們的形貌、性格來塑造書中人物」。

一九五八年 自淡江肄業，一度於美軍顧問團擔任圖書管理員。六月，淡江改制為文理學院。同年，名作家李費蒙（**牛哥**）和馮娜妮（**牛嫂**）結婚。〈浪子大俠〉：「我們認識了當時還一文不名的古龍，古龍是我中學的校友，他尊稱我為學姐，也叫我『古龍的媽』。」「他爽朗的性格及好酒量，與我們夫婦特別投緣，與他聊天不會感到無趣。因而他來我們家的次數也最勤，漸漸地我們夫婦把他列為共飲時的第一人選，以後我對他也有了一分特別的關照。」

一九五九年 《蒼穹神劍》、《劍毒梅香》先後於本年度動筆。古龍〈不唱悲歌〉：「引起我寫武俠小說最原始的動機並沒有什麼冠冕堂皇的理由，而是為了賺錢吃飯。」「他在《自立晚報》做記者，住在李敬洪先生家裏，時常因為遲歸而歸不得，那時我住在他後面一棟危樓的一間斗室裏，我第一本武俠小說剛寫了兩三萬字時，他忽然深夜來訪，於是就順理成章地做了我第一位讀者。」文章中的「他」指知名導演白景瑞，曾在附中擔任過古龍的美術老師。

十二月，台灣展開「暴雨專案」，查禁大陸時期的「舊派」及香港「左派」武俠小說。

一九六〇年 三軍球場拆除（**一九六三年改建為介壽公園**）。古龍學生時代常來此地看球。〈台北的小吃〉：「那時候我們有幾個朋友，每當三軍球場有好戲登場時，就拉著當時的籃球王子陳祖烈帶我們去看『蹭球』，看完球就去吃唐矮子。」唐矮子是古龍早年最愛吃的牛肉麵，

《絕不低頭》借用其名，他的徒弟王胖子也出沒在《陸小鳳》和《白玉老虎》中。

據胡正群〈《名劍風流》創作前後〉，自本年起常到公園路臥龍生住處打牌。又〈神州劍氣生海上〉：「一九六〇年前後，他曾和如日中天的『三劍客』訂交，過從甚密」，且替他們代筆。諸葛青雲、臥龍生、司馬翎和古龍約為兄弟，曾遠赴台灣中部的苗栗打獵。「臥龍的梟雄、諸葛的霸氣、司馬的深沉，使他感受到『三大』的壓力，也使他悟出要想和『三大』並駕齊驅、一較身手，就必須求變、求新的道理。」

本年度至少有八部作品連載或出版。

《蒼穹神劍》由第一書社開始出版。據聞曾向春秋出版社投稿，遭拒。

六至七月，《劍毒梅香》由清華印行、國華出版四集。因要求提高稿費未果，毀約斷稿。

《殘金缺玉》在香港《南洋日報》開始連載，一度斷稿。

秋，《劍氣書香》完成並出版一集，斷稿。真善美出版社請陳非續寫。

《月異星邪》在香港《新聞夜報》開始連載。

九月廿二日，《湘妃劍》在香港《上海日報》開始連載。

十月，《湘妃劍》和《孤星傳》開始由真善美出版。

十一至十二月，海光出版《遊俠錄》，為該年度唯一殺青的作品。

十二月，清華出版社請新崛起的「上官鼎」三兄弟續寫《劍毒梅香》，大為暢銷。

年底，據龔鵬程〈人在江湖〉：「買了一輛車，開著去撞個稀巴爛，臉摔壞了，書也不寫了，等錢用完了再寫。」

一九六一年 胡正群〈《名劍風流》創作前後〉：「這時，他的作品雖未見於國內報刊，但香港『新報系』的報紙和『武俠世界』期刊，已刊出了他的小說。」這時古龍也開始了他尋花問柳、酩酊大醉的糜爛生活。

一月，華源開始印行《飄香劍雨》。其動筆顯然始於一九六〇年。

二至十二月，第一出版《月異星邪》。

二月，華源出版《神君別傳》前兩集。林慧峯〈劉兆玄的一段武俠緣〉：「當時，他以『上官鼎』的筆名續寫『劍毒梅香』，出版後大為暢銷。激得古龍一肚子不服氣，也轉移陣地，再續舊作寫成『神君別傳』，準備還以顏色。但銷路證明，『神君』終不敵『劍毒』，雙包案遂立有勝負之別。」

二月廿四日，《湘妃劍》在《上海日報》的連載中斷。

春，第一書報社出版《殘金缺玉》。

五月，華源出版《神君別傳》第三集。其後無下文。

夏秋之交，《劍毒梅香》與臥龍生的《絳雪玄霜》在新加坡《星洲日報》同時連載。

十月十六日，《彩環曲》在《自立晚報》開始連載。

十至十二月，明祥出版《失魂引》。

十月或十一月，明祥開始出版《劍客行》。

十月，春秋出版《護花鈴》。

一九六二年 六月，春秋出版《彩環曲》。

七月廿三日，在華僑俱樂部介入舞女之爭，演出全武行。次日登上《徵信新聞報》社會版。

九月十九日，《彩環曲》在《自立晚報》連載完畢。

一九六三年 據燕青〈臥龍生亂點鴛鴦譜〉，臥龍生約古龍、鄒郎去宜蘭打水鳥，在宜蘭中學認識了未來的妻子。

又據葉洪生《台灣武俠小說家瑣記》，古龍替諸葛青雲代筆《江湖夜雨十年燈》第二集。

一月，《孤星傳》由真善美出版完畢。

二至四月，《怒劍狂花》（即《情人箭》）陸續在泰國、香港、新加坡等地開始連載。

四月，真善美開始出版《情人箭》。

五月，《大旗英雄傳》在《公論報》開始連載。

七月，《湘妃劍》由真善美出版完畢。

七至十月，《大旗英烈傳》（即**《大旗英雄傳》**）在泰國《世界日報》連載，署名華龍。疑遭盜刊。

九月，真善美開始出版《大旗英雄傳》。

一九六四年 據翁文信〈古龍武俠的轉型創新〉，本年度與鄭月霞同居於瑞芳鎮。另據胡正群〈神州劍氣生海上〉，一九六〇年即已同居。瑞芳在台北縣郊區，瀕山臨海，因煤、金衰竭而沒落，其邊城意象化用於古龍各作品中。鄭氏原為華僑俱樂部的紅牌舞女，藝名莉莉；兩人未登記結婚的理由，是因為古龍逃避兵役而沒有了身分證。

二月，《大旗英雄傳》在《公論報》連載中斷。

六月，《浣花洗劍錄》開始在《民族晚報》開連載，並以《紅塵白刃》之名陸續在香港、新加坡、泰國等海外各地連載。

六月，黨外人士高玉樹當選台北市長。《高玉樹回憶錄》指稱古龍之父熊飛（**熊鵬聲**）為重要助選員：「我起用三個外省籍能說善道的助選員周啓承、俞作人、熊鵬聲和本省籍黨外健將楊玉城、林水泉、宋霖康、李賜卿、謝世輝等八人助講，吸取大量的選票。」選後熊鵬聲擔任市長機要。

八月，《情人箭》由真善美出版完畢。

十月，真善美出版《浣花洗劍錄》。

一九六五年　二月，春秋開始出版《武林外史》。古龍〈轉變與成型〉：「一直到《武林外史》，我的寫作方式才漸漸有了些轉變，漸漸脫離了別人的，然後就開始寫自己的小說了。」《時報周刊》二五〇期〈古龍的武俠和感情世界〉：「在寫『武林外史』之前，古龍和他的一個好朋友，都有女朋友，四個人經常玩在一起。他的好朋友出國了，他當然得照顧、照顧好朋友的女朋友，偏偏這一照顧，兩個人竟『來電』。」

七月，《浣花洗劍錄》在《民族晚報》上的連載中斷。

十月，《大旗英雄傳》由真善美出版完畢。

本年度《名劍風流》由春秋開始出版。胡正群〈《名劍風流》創作前後〉稱出版後聲譽鵲起，與「武壇三劍客」並列。此時與香港邵氏的導演徐增宏訂交，又接受倪匡邀稿，為香港《武俠與歷史》撰寫《絕代雙驕》。倪匡〈小憶古龍〉：「他寫絕代雙驕是一九六五年，二十七歲。」胡正群〈《名劍風流》創作前後〉亦稱《名劍風流》出版時《絕代雙驕》即已動筆。

一九六六年　《台灣武俠小説發展史》引用于志宏説法，本年或前一年開始與日本留學生交往，即荻宜〈浪子．書生．古龍〉所稱之千代子。《時報周刊》二五〇期〈古龍的武俠和感情世界〉：「他又認識了一個中、日混血的女孩子，這個女孩子隻身在台灣，她的父母卻派人嚴格監護，幾乎寸步不離。然而，古龍畢竟是古龍，什麼樣的辦法想不出來……兩個人快快樂樂的到花蓮玩一趟回家後，寫下了『流星．蝴蝶．劍』。」

二月，《絕代雙驕》於香港《武俠與歷史》和台灣《公論報》同步連載。倪匡〈我唯一可以謀生的手段就是寫作〉：「他寫了一段就斷稿，我幫他續了很多。」〈龔鵬程講座：司馬翎——武俠小說的現代化歷程〉：「當年古龍就曾跟我講，他寫《絕代雙驕》，寫到小魚兒被打落山谷，被很多高手追捕。這時候古龍有事情不能寫了，而報社很著急，於是就找倪匡代筆。……結果一寫，寫了十萬字。古龍回來以後，不知道故事發展到哪裡去了，不知從何寫起。於是古龍就說，小魚兒做了一個『夢』，這樣一來，那十萬字就『沒有』了。」

五月，《浣花洗劍錄》由真善美出版完畢。另簽新約《鐵血傳奇》。

一九六七年 三月，《鐵血傳奇》由真善美集結出版，分「血海飄香」、「大沙漠」和「畫眉鳥」三部。

五月，新加坡《南洋商報》開始連載《鐵血傳奇》。

長子鄭小龍於本年度出生。《武林外史》的結尾反映此事。據鄒郎〈來似清風去似煙〉，他和牛哥夫婦等人決議，送莉莉動手術解決性功能障礙，與古龍順利生下一個兒子。

知交好友倪匡到台灣與古龍見面。倪匡〈我唯一可以謀生的手段就是寫作〉：「算起來，我和古龍是一九六七年在台灣第一次見面」。據李懷宇〈訪問歷史〉，倪匡表示「古龍當然是最好的朋友。」又薛興國〈古龍點滴〉：「他們常常在夜裏，有七八分酒意的時候，互打長途電話，互訴心中抑鬱。」

一九六八年　三月，電影小說《邊城》發表於香港《武俠與歷史》。

七月，〈此「茶」難喝——小說武俠小說〉刊載於《文化旗》第九號，是古龍最早的筆戰文章之一，可視為一連串求新求變宣言之起點。

八月，〈製片？製騙？——且說武俠電影〉刊載於《文化旗》第十號，主張革新武俠電影。同年又協助邵氏導演徐增宏《十二金錢鏢》上映。

《聯合報》一九八五年四月十日轉述古龍說法，稱母親於十七年前過世，推算為本年度。《多情劍客無情劍》中阿飛對母親的思慕，應當反映了古龍自身的感懷。

據胡正群〈神州劍氣生海上〉，一九六八至一九七二年與日本女友千代子同居於牯嶺街的三福公寓。

冬，《多情劍客無情劍》開始動筆。

一九六九年 一月（或一九六八年十二月），《多情劍客無情劍》第一部開始在香港《武俠世界》連載。

二月，《絕代雙驕》在香港《武俠與歷史》連載完畢，春秋同步出版完畢。春秋本第六十四集有〈後記〉及〈附錄〉，內容為電影故事及介紹，導演為嚴俊，編劇為黃楓，此即一九七一年上映的邵氏電影《玉面狐》。黃楓、諸葛青雲、高寶樹（女）和古龍為八拜之交。

三至十一月，《借屍還魂》在新加坡《南洋商報》連載，為《鐵血傳奇》的第四個故事。

五月，春秋開始出版《多情劍客無情劍》第一部，即前廿五章。

夏季，香港《武俠世界》連載的《多情劍客無情劍》由武林集結出版第一集。

十月，春秋開始出版《俠名留香》第一個故事，即《借屍還魂》。《俠名留香》係為與真善美買斷之《鐵血傳奇》一名區分。

十月，春秋開始出版《多情劍客無情劍》第二部。

十一至十二月，《武俠世界》連載《鬼戀俠情》，即《借屍還魂》。

十一月四至八日，新加坡《南洋商報》短暫連載《鐵血傳奇》第五個故事《黃衣人與鐵仙姑》，未完。

十二月六日，《多情劍客無情劍》第一部在香港《武俠世界》連載完畢。冬季，由武林集結出版第二集。

本年度為邵氏撰寫第一部電影劇本《蕭十一郎》，交由友人徐增宏導演。

一九七〇年　一月廿五日，小說《蕭十一郎》連載於香港《武俠春秋》創刊號。〈寫在《蕭十一郎》之前〉：「《蕭十一郎》是先有劇本，在電影開拍之後，才有小說的，但《蕭十一郎》卻又明明是由『小說』而改編成的劇本，因為這故事在我心裏已醞釀了很久，我要寫的本來是『小說』，不是『劇本』。……就因為先有了劇本，所以在寫《蕭十一郎》這部小說的時候，多多少少總難免要受些影響」。

三月五日，《多情劍客無情劍》第二部在《武俠春秋》開始連載，另稱《鐵膽大俠魂》。

六月十二日，《蕭十一郎》於《武俠春秋》連載完畢。

六月，《蝙蝠傳奇》於《武俠春秋》開始連載；春秋亦出版《俠名留香》第二個故事《蝙蝠傳奇》。

年底或次年年初，《流星·蝴蝶·劍》開始在香港《武俠世界》連載。

一九七一年　二月十日，《鐵膽大俠魂》在香港《武俠春秋》連載完畢。

二月十七日，《歡樂英雄》在《武俠春秋》開始連載。龔鵬程〈人在江湖〉轉述古龍意見：「《歡樂英雄》以事件的起迄做敘述單位，而不以時間順序，是他最得意的一種突創」。

二月，《蝙蝠傳奇》在《武俠春秋》連載完畢；春秋亦出版完畢。

三月十七日至十一月廿六日，《大人物》在香港《武俠春秋》連載。

四月，改編自《絕代雙驕》的電影《玉面狐》由香港邵氏出品，可能是第一部躍登大螢幕的古龍小說。

五月十六日，《俠名留香》第三個故事《桃花傳奇》在春秋旗下之《武藝》創刊號開始連載。

十月，邵氏電影《蕭十一郎》上映。

一九七二年 本年度武俠市場蕭條，臥龍生轉戰電視製作人，多位名家的創作也開始銳減。

二月九日，《歡樂英雄》在香港《武俠春秋》連載完畢。

二月十六日至十一月廿四日，《風雲第一刀》在《武俠春秋》連載。日後更名為《邊城浪子》。

五月至六月，春秋出版《俠名留香》廿三至廿七集，又稱「俠名留香後傳」，即《桃花傳奇》。

六至十月，「七種武器」之一《長生劍》在香港《當代武壇》連載。該刊與《武俠春秋》同屬鶴鳴集團。

九月，金庸封筆，為旗下《明報》向古龍邀稿，「陸小鳳」系列開始在香港《明報》連載。

十一月，「七種武器」之二《孔雀翎》開始在《當代武壇》連載。

十二月，《絕不低頭》開始在《武俠春秋》連載。

同年，據翁文信〈古龍武俠的轉型創新〉，古龍結識葉雪，與鄭月霞母子漸行漸遠。在稗官野史中，葉雪稱為「安娜」或「皇后酒家的小葉」。或稱即臥龍生求之不得的舞女，而與古龍同居於基隆；或稱否。

一九七三年 胡正群〈神州劍氣生海上〉：「三千多家武俠小說出租店，剩下的不到一半……」「香港的《武俠小說週報》、《武俠與歷史》早已停刊，《武俠世界》和《武俠春秋》也全賴台灣作家的作品才得以支撐。」「香港的武俠小說業，此時受到電視台紛紛搶拍武俠劇的影響，市場一蹶不振。金庸寫完《鹿鼎記》之後，將《明報》副刊的地盤讓給了古龍，宣告封筆。香江的武林天下，靠梁羽生一人就獨木難支了。」

本年度，金庸首度訪問台灣，和蔣經國見面；盜版金書開始大量印行，對其他武俠作家構成嚴峻考驗。

春，《九月鷹飛》開始在香港《武俠世界》連載。龔鵬程〈人在江湖〉轉述古龍說法：「《九月鷹飛》並不是一部成功的小說……有時寫得太多了，自然免不了會重複」。

四至六月，《七殺手》在香港《武俠春秋》連載。
四月，「七種武器」之二《孔雀翎》在香港《當代武壇》連載完畢並集結出版。
五至十一月，「七種武器」之三《碧玉刀》在《當代武壇》連載。
五月，南琪出版社將「陸小鳳」系列更名《大遊俠》，開始出版。
八月，《武俠春秋》出版「七種武器」之四《多情環》；十二月始於《當代武壇》開始連載。
秋，香港的武林集結出版《九月鷹飛》。
同年，次子葉怡寬出生，古龍與其母葉雪結婚（**但未登記**），遷居永和。《決戰前後》中西門吹雪的新婚反映此事。又薛興國〈古龍點滴〉：「『幽靈山莊』裡，嫁給了幽靈山莊主人的女子，就是他的第一任妻子的化身。」

一九七四年 本年度，古龍離棄葉雪母子。據聞曾以暴力相向。
一月，張宗榮製作的閩南語電視劇《英雄榜》開始上映，古龍作品首度躍登小螢幕。該片改編自《多情劍客無情劍》，作者古龍參與製作。
三月，「七種武器」之五《霸王槍》開始在香港《當代武壇》連載。
四至九月，「陸小鳳」系列之五《幽靈山莊》在香港《明報》連載。

四月廿五日至六月八日，《天涯·明月·刀》在《中國時報》連載，四十五天即宣告腰斬。曹正文〈在古龍讀書的地方〉：「因文風跳躍，讀者大惑，東方玉等人趁機向老闆施加壓力，報社被迫腰斬古龍，請東方玉另撰連載，此事對古龍刺激頗大。」古龍〈一個作家的成長與轉變〉：「在我這一生中使我覺得最痛苦，受到的挫折最大的便是《天涯·明月·刀》。因為那時候我一直想『求新』、『求變』、『求突破』……」

六月一日，《天涯·明月·刀》開始在香港《武俠春秋》連載。

九月，「陸小鳳」系列之六《隱形的人》開始在《明報》連載。

十二月，「驚魂六記」之一《血鸚鵡》開始在香港《武俠世界》上連載。

一九七五年

翁文信〈古龍武俠的轉型創新〉稱本年度與梅寶珠結婚。劉亞倫〈身世迷離，玩世不恭——熊大頭古龍這個人〉另稱一九七六年與梅寶珠結婚，由諸葛青雲主婚。當時古龍經警界友人協助而取得了假造的身分證，因而能登記婚姻狀態。

又，國立編譯館開放日本漫畫送審，武俠市場嚴重萎縮，出租店紛紛改置漫畫。

一月一日至六月十一日，《拳頭》在香港《武俠春秋》連載。

一月廿一日，《天涯·明月·刀》在《武俠春秋》連載完畢。

二月，《隱形的人》在香港《明報》的連載中斷。

二月，《血鸚鵡》在香港《武俠世界》的連載中斷，半年後始由黃鷹代筆續完。

四月，「七種武器」之五《霸王槍》由武俠春秋集結出版。

六月廿一日，《三少爺的劍》在《武俠春秋》開始連載。

十月，向華鴻公司提起「大地飛鷹」的電影故事，書面承諾賣出版權。

一九七六年 三月和七月，邵氏分別推出電影《流星．蝴蝶．劍》和《天涯．明月．刀》，開創古龍原著、楚原導演、狄龍擔綱的輝煌時代。薛興國〈古龍十章〉：「他之所以能有積蓄，買下天母的房子和富貴豪華轎車，完全是拜《流星．蝴蝶．劍》帶來的電影票房數字。」詹宏志〈第一件差事〉：「連不愛看國片的大學生都染上瘋狂，說話也模仿起電影的對白。不用說，本來已經有點落寞的武俠小說原著作者古龍，一夜之間鹹魚翻身，重新成為最熱門的作家。」胡正群〈神州劍氣生海上〉：「漢麟出版社和桂冠出版社乘機把古龍的小說改變版式精版精印，大受歡迎，為市場掀起再一次高潮。」「過去不屑銷售武俠小說的各大書局，甚至連鐵路、公路車站的小賣部和機場的書廊都爭相銷售。」

春，《白玉老虎》開始在香港《武俠春秋》上連載；冬，由武林集結出版。

三月廿一日，《三少爺的劍》在《武俠春秋》上連載完畢，六月集結出版；而武林亦於夏季出版，更名《邊城浪子》。

六月，陳曉林接任中國時報「人間副刊」主編，第一件事便是邀請古龍在該副刊重開連載稿，間接向讀者表明古龍才是台灣最優秀的武俠作家。陳曉林向報老闆強調，若不敦請古龍寫連載稿，他即不接主編之職，至此報老闆才知悉古龍的創新表現已受到台灣知識分子的高度肯定。由此因緣，古龍將陳曉林引為平生知己，種下日後陳曉林出面整合古龍版權，出版「古龍全集」的根由。也因陳曉林邀請古龍開新稿，《聯合報》副刊跟進向古龍約稿，古龍成為同時在台灣兩大報發表連載的武俠作家。《刀神》（《**圓月彎刀**》）開始在《武俠春秋》上連載。

九月，《碧血洗銀槍》同步在《中國時報》和香港《新報》上開始連載。

十月，華視推出古裝戲《虎膽》，改編自《白玉老虎》；古龍參與製作。

十月五日，《大地飛鷹》開始在《聯合報》上連載。次月於香港《明報》連載。

十一月，王羽、古龍應邵峰之邀，分任七海影業公司之正、副總經理。

十二月，《刀神》在《武俠春秋》上的連載改由司馬紫煙代筆。

一九七七年 本年度染上肝病。梅寶珠之子熊正達出生。

一月，華新（**桂冠**）經古龍友人陳曉林之介紹與古龍簽約，將《鐵血傳奇》更名《楚留香傳奇》並改為大開本新版，陳曉林並央請台大名師臺靜農先生題署《楚留香傳奇》，清奇遒勁，開古典書畫名家為古龍作品題署之先河。三至九月，華新（**桂冠**）陸續推出新版的《流星・蝴蝶・

劍》、《白玉老虎》、《三少爺的劍》、《絕代雙驕》和《多情劍客無情劍》。

二月十七日，《碧血洗銀槍》在《中國時報》上連載完畢。

三月，電影《楚留香》由邵氏出品，楚原導演，狄龍主演。薛興國〈問「劍」於古龍〉表示，當年台灣、香港、新加坡、泰國、印尼、馬來西亞的十大賣座電影中，古龍原著就占了四部之多。

八月十九至廿二日，與十九歲女星趙姿菁到北投、石門水庫、台中等地遊玩，投宿新秀閣、芝麻、鴻賓等飯店，被家長在台北世紀大飯店攔截，控以誘拐罪。當時趙氏於台視《絕代雙驕》中飾演鐵萍姑。廿六日，演藝人員評議委員會通過制裁案，新聞局決定收到正式公函之日起，一年內對古龍的劇本不予受理。

九月七日，古龍「妨礙家庭」案開庭審理。十五日，檢察官因罪證不足不予起訴，僅在道德上稱其可鄙。

九月，據葉雪之子葉怡寬的說法，其母與古龍協議離婚。此前一年多的時間，與梅寶珠有重婚之嫌。

九月，邵氏與華鴻爭拍《大地飛鷹》。前者指控古龍違反一九七六年簽訂的五年合約，侵犯其電影改編的優先使用權。

十一月十一日，疑受趙姿菁事件影響，《大地飛鷹》在《聯合報》上的連載草草結束。

一九七八年 本年度，徐克為香港佳視拍攝電視處女作《金刀情俠》。該劇改編自古龍《九月鷹飛》，開劇集電影化之先，為香港電視史上的里程碑之一。

一月，漢麟出版社經古龍同意，將《俠名留香》更名《楚留香傳奇續集》出版。

二月，香港武俠春秋出版《刀神》單行本，五月一日始於《武俠春秋》上連載完畢。

三月，《七星龍王》開始在香港《武俠小說周刊》創刊號連載；十一月由武俠圖書雜誌出版社集結出版。

四月，漢麟出版社經古龍同意，將《刀神》更名《圓月彎刀》出版。

五月六日，經香港《大成》總編沈葦窗介紹，向知名畫家高逸鴻行拜師禮，筵開二席。

五月，與邵氏公司握手言歡，賣出《幽靈山莊》、《武當之戰》和《七星龍王》的版權。

六月十六日至九月三日，《離別鉤》在《聯合報》上連載；十月由春秋集結出版。

九月，「陸小鳳」系列未竟之作《隱形的人》更名《鳳舞九天》，開始在《民生報》連載。

十月一日，《英雄無淚》開始在《聯合報》上連載。

一九七九年 台灣政府於本年度大量放行日本漫畫並對金庸作品解禁，武俠市場受到重大衝擊。

一月，擬成立寶鵬電影公司，「寶」字取自妻子梅寶珠，「鵬」字取自事業夥伴田鵬。其後定名為寶龍影業公司，「龍」字取自古龍，由梅寶珠掛名負責人。

四至九月，《新月傳奇》在《時報周刊》上連載。

四月廿四日，《英雄無淚》在《聯合報》連載完畢；五月由萬盛出版。

四月，出任《七巧鳳凰碧玉刀》策劃導演，初次在大螢幕上執導。該片與《英雄無淚》皆由寶龍公司參與投資。

五月，《孔雀王朝》由邵氏出品。該片改編自《武林外史》，導演楚原得到亞洲影展最佳動作片導演。

八月，《多情雙寶環》開拍，古龍策劃監製，寶龍影業公司參與投資。

八月，香港麗的電視、無線電視競拍楚留香，赴台爭取古龍支持；前者回港後密集播放古龍的訪談短片。

九月，麗的電視推出《俠盜風流》，由徐克擔任導演；無線電視推出《楚留香》，主角為鄭少秋。

九月，寶龍公司投資拍攝《劍氣瀟瀟孔雀翎》，誹聞女友孫嘉林（孫嘉琳）參與演出。

十月，推薦女性友人張小蘭參與《三尺青鋒刺海棠》的演出。

冬，香港武林出版《玉劍傳奇》（即《新月傳奇》），早於次年一月漢麟出版的《新月傳奇》。

情。

一九八〇年 一月，因推薦張小蘭拍戲一事，引發家庭風波。宣佈將闔家環島旅行，彌補感情。

四月，寶龍公司獨資開拍《楚留香傳奇》和《楚留香與胡鐵花》，由古龍編劇，林鷹導演，劉德凱飾演楚留香，孫嘉林為基本演員。

十月廿二日，夜飲吟松閣，因敬酒問題遭友人柯俊雄的食客砍殺手臂，一度性命垂危。雙方一度動用幫派關係圍事，後經牛哥、牛嫂等人居間協調而和解。

十一月，寶龍公司開拍《劍神一笑》和《再世英雄》，皆由林鷹導演；後者宣稱「科幻武俠片」，由倪匡編劇，前番引發家庭風波的張小蘭亦參與演出。

年底，與梅寶珠離婚。丁情〈古大俠的最後一劍〉：「為了這事，他曾消沉、憂鬱、糜爛過一段很長的日子。那時他最喜歡住的地方是未折掉的台灣飯店，在那兒開一間大套房，一住就是十天半個月的。這是古大俠最喜歡的喝酒方式……」梅寶珠其後改嫁，其子隨繼父改姓為王。

一九八一年 二月十四日至五月二日，《飛刀．又見飛刀》在《聯合報》上連載。丁情〈古龍開山收徒〉：「古大俠離婚了，受傷了。所以，他不能親自寫，只好由他念，由我來寫。」古龍序言〈關於飛刀〉：「現在我腕傷猶未癒，還不能不停地寫很多字，所以我只能由我口述，請人代筆。」

五月，《劍神一笑》上映。林無愁〈訪古龍談他的《楚留香》新傳〉：「他拍的『劍神一笑』和『再世英雄』賣座不佳。」

七月四日至八月七日，在新加坡《南洋商報》連載《劍神一笑》，未完。

七月，萬盛出版《飛刀．又見飛刀》。

十月廿二日，《風鈴中的刀聲》開始在《聯合報》連載。

十一月，《劍神一笑》更名《陸小鳳與西門吹雪》，開始在《時報周刊》上連載。

一九八二年 本年度，因港劇《楚留香》而成為台灣社會及影藝圈的焦點。十月八日《民生報》第十版標題：「一九八二年是『楚留香』的！」

三月，抗議中視試播鄭少秋主演的港劇《楚留香》，聲稱侵犯版權。其後達成協議，由中視支付「顧問費」。一九八五年香港《中華日報》于振鵬：「單是三年前港劇《楚留香》在圈內螢光幕播出，古龍就獲得了一千萬元的版稅。」

四月，《楚留香》正式播出，盛況空前，重燃武俠熱潮，同時引發港劇入侵的疑慮。次月，《楚留香》收視率狂掃落葉，政府協調台視、中視、華視等三台節目部，希望輪流播放，並將《楚留香》移出週日的黃金時段。

五月，華視與古龍簽兩年製作人合約，原擬推出《七種武器》，其後改為《新月傳奇》，由古龍欽點港星張沖主演楚留香，試圖對抗中視的《楚留香》。台視亦與古龍簽約，請古龍的中學老師趙剛製作《明月天涯》（**改編自《武林外史》**）。

五月廿一日，《風鈴中的刀聲》在《聯合報》上的連載中斷。

五月卅一日，座車第八次被砸，古龍懷疑和《新月傳奇》將孫嘉林換角一事有關。

六月，立法委員和監察院紛紛對港劇《楚留香》發表看法。同月，華視決定暫緩推出《新月傳奇》。

六月，《陸小鳳與西門吹雪》在《時報周刊》上連載完畢；七月，萬盛以原名出版《劍神一笑》。

八月，完成《楚留香大結局》（**《玉斑指》**）劇本，交付永宇公司拍攝。該故事並未寫成小說。

九月十七日，楚留香系列的《午夜蘭花》開始在《中國時報》連載。

十月，抗議華視《琥珀青龍》抄襲《白玉老虎》。華視聘為演出顧問，並在片頭註明改編之事實，支付版權費。

十一月，群龍公司（**由寶龍公司改組**）與永宇公司合作，開拍《午夜蘭花》。古龍編劇，張鵬翼導演，鄭少秋、林青霞等人演出。

十二月廿一日，華視播出韋辛製作的《小李飛刀》首集，友人到家中看戲，酩酊大醉。因原著劇情更動過多，主角衛子雲又與其有過節，古龍甚為不滿。

一九八三年 本年度，大妹熊小雲託倪匡央求古龍原諒父親，未果。

一月十七日，《聯合報》引述香港《爭鳴》雜誌報導，廣州海關開始查緝古龍小說。

一月，將《蕭十一郎》和《火併蕭十一郎》的電視版權賣給華視，但不准衛子雲參與演出。

三月廿六日，《午夜蘭花》在《中國時報》上連載完畢；四月由萬盛出版。

四月十三日，《民生報》等媒體報導藝文界聲援牛哥「漫畫清潔運動」，向日本漫畫宣戰；古龍、臥龍生、諸葛青雲、高陽、鄒郎等作家均在名單中。

五月，抗議鮑學禮導演的《風雪神鷹》標榜古龍原著；抗議華視《翡翠狐狸》擅自改編並播出。

七月，抗議華視《七巧游龍》抄襲《絕代雙驕》。

十一月廿八日，荻宜為《聯合報》「名家書房」到天母家中訪問。〈浪子・書生・古龍〉：「把大部分書籍擺在臥房及儲藏庫裡，他的藏書之豐和包含之繁之廣，令人嘆為觀止。目前為止，他藏書少說也有十萬冊，其中包括珍貴的原版和絕版書。」「有絕佳的英文底子，不但網羅海外的英文雜誌，也不放過國內任何一本雜誌。他能速讀，每天至少看三四小時書報」，「他曾跟高逸鴻習畫，心血來潮便鋪平宣紙作畫；而毛筆字，古龍無師」。古龍又向荻宜宣稱念過半年醫學院。

一九八四年 三月，萬盛出版《風鈴中的刀聲》，結尾係于志宏代筆續完。

七月，華視推出古龍劇《陸小鳳》，對抗台視的金庸劇《書劍江山》。該劇由友人沙宜瑞製作，古龍並與衛子雲化敵為友，同意其擔綱主演。

八月五日，住家鐵門被劃刻「死定」二字，向警方申請保護。懷疑與特定人士要求劇本被拒有關。

中秋節前夕，因肝病住進中華開放醫院。丁情〈古大俠的最後一劍〉：「幸好這時他已經交了一位溫柔賢淑的于姓女子，在病中，她細心照顧著古大俠的生活起居。」「出院後，古大俠著實的在家中度過了一段溫馨生活，也就在這些日子裏，他寫出了『大武俠時代』的短刀集。」于姓女子指于秀玲。

一九八五年 三月一日至八月八日，在《聯合報》連載「短刀集」系列。

四月九日，《中央日報》頭版刊登一則啓事：「古龍親父熊飛（鵬聲）覓獨子熊耀華到仁愛路四段仁愛醫院訣別，千祈仁人君子緊催古龍立救父命料理人事以盡孝道。」當時熊飛已自東吳大學退休，罹患帕金森症。次子熊小華已過繼他人，因此啓事中稱熊耀華為獨子。

四月十日，到仁愛醫院短暫探望昏迷中的父親。當時古龍已由圓滾身材轉而骨瘦如柴，未幾即因舊疾復發，住進三軍總醫院。

四至七月，在《時報周刊》連載「大武俠時代」系列。

五月，自訴華新出版公司偽造文書一案敗訴，法院認定一九七六年之簽約並無爭議。

六月，台北法院士林分院裁定欠繳去年所得稅而罰金十五萬，向法院提出抗告。

七月廿六日至八月廿三日，在《大追擊》雜誌上連載《財神與短刀》。

八月，萬盛出版《獵鷹》，即「大武俠時代」系列之〈獵鷹〉和〈群狐〉。

九月十九日，由於數日前和演員徐少強拚酒，導致食道大量出血，送往三軍總醫院。

九月廿一日，傍晚六點六分病逝。

香港《中華日報》于振鵬：「在進住醫院的三天中，昏迷了兩天，吐血三至四次，因病情惡化而回天乏術。這一年多來，古龍曾數度住院，數度病危。肝硬化、黃膽、食道破裂等多種病症將他折磨得不成人形，據他的好友倪匡表示，長期的病痛使得古龍已經看淡了人生，並且了無生趣，最近他自知病情已入膏肓，生活變得特別放縱，每天仍然不停酗酒，這都足以導致他病情加速惡化，提早結束生命的原因。」曹正文〈在古龍讀書的地方〉則引陳曉林說法：「他籌畫的電影公司破產，每天給報社寫連載雖說一月也有五萬台幣收入，但他三天兩頭請人喝酒，喝的是XO，每瓶三千台幣，一次要喝好幾瓶。古龍逝世，追悼會很風光，但門口聚集一幫人提刀弄槍，想衝進來討債。」「古龍曾戒了酒，後來又豪飲不已，其實他是以一死來了其心願。」

九月廿五日，古龍治喪委員會發出訃告，由摯友倪匡撰文。

十月八日，下午一點於台北市第一殯儀館景行廳舉行喪禮，于秀玲以未亡人身分出席。米舒（**曹正文**）〈記古龍〉：「古龍的追悼會由香港著名作家倪匡主持，在場的作家有諸葛青雲、百里西、高庸、喬奇、吳濤，古龍的弟子丁情與薛興國都披麻戴孝。……鄭莉莉帶著兒子鄭小龍也披麻戴孝，古龍與梅寶珠生下的兒子也參加了葬禮」。梅寶珠當時身在南部，另一前妻葉雪在美國。友人王羽準備四十八瓶XO陪葬，由倪匡帶頭，請古龍好友都到幃幕後面喝酒。

十月十八日，葬於台北縣三芝鄉北海明山墓園。

十月，玉郎出版社在香港推出《不是集》，為第一部古龍散文集。

十月，玉郎出版《賭局、狼牙、追殺》。

十一月，萬盛出版《賭局》。

十二月，玉郎出版《紫煙、群狐》（**紫煙即獵鷹**）和《銀雕、海神》。

一九八六年　六月，萬盛出版丁情的《邊城刀聲》，故事大綱出自古龍。同月，又將他人作品《菊花的刺》標為古龍遺作，誘稱遺稿數萬字，經楚烈整理並補完全書。

八月，親屬控告台視重製《絕代雙驕》係侵權行為，多方人馬亦宣稱持有播映權，新聞局廣電處決定暫緩審核。台視為求息事寧人，給予古龍父親及其家人二十餘萬元。

一九八九年 前妻梅寶珠過世，其子暫居外婆家。

一九九五年 珠海出版社在中國大陸推出《古龍作品集》，為第一套較完整的古龍小說集。

一九九七年 風雲時代開始出版《古龍新編全集》，為台灣第一套古龍小說全集，僅少數佚作如《劍氣書香》、《神君別傳》、《銀雕》和《財神與短刀》未予收入。

一九九九年 么子認祖歸宗，由王正達復名熊正達。

二〇〇二年 十一月，天津百花文藝出版《誰來跟我乾杯？》，為中國大陸第一套古龍散文集。

二〇〇三年 四月，親友因著作權鬧上法院。先是，父親熊鵬聲將著作權交由女友張秀碧、古龍遺孀于秀玲處理，已分別賣予古龍友人陳曉林、于志宏；但長子鄭小龍為確認親子身分及繼承權，由其代理人與桂冠公司進行訴訟。

六月，婚生子熊正達宣告自己是唯一合法的繼承人，得到古龍友人倪匡、王羽支持。

二〇〇四年 十一月，透過叔父熊國華鑑定血緣關係，鄭小龍勝訴，以公證方式和熊正達及陳曉林、趙震中等人共組著作權管理委員會。同月，古龍次子葉怡寬（**葉雪之子**）向基隆地方法院要求繼父張不池收養關係不成立。

十一月，珠海出版社與古龍著作管理發展委員會簽約，在中國大陸獨家出版發行古龍武俠小說。

十二月，古龍胞妹熊小雲由夏威夷歸來，主張擁有古龍作品的繼承權，另啓官司。二〇〇五年八月敗訴。但鄭小龍等同意熊小雲等姑叔亦加入管理委員會。

二〇〇五年 五月，鄭小龍、葉怡寬、熊正達和陳曉林、丁情等人同到三芝鄉掃墓。

六月，淡江大學中文系主辦第九屆文學與美學國際學術研討會，主題「一代鬼才：古龍與武俠小說」。

二〇〇六年 八月，古龍著作管理發展委員會正式運作，代表人為鄭小龍，葉怡寬、熊正達協助運作。陳曉林辭去會長名義，交予鄭小龍接任。

八月，佚作《劍氣書香》上半部在中國大陸出版。

九月，新華社報導，古龍為中國最受歡迎的前十名作家之一，於武俠作家中僅次於金庸。

二〇〇七年 十一月，小說處女作〈從北國到南國〉公諸於世。

二〇〇八年 七月，風雲時代出版古龍散文集《誰來跟我乾杯》。

九月，遺作《銀雕》的原始連載公諸於世，並獲得友人陳曉林的背書。

二〇〇九年 六月，遺作《財神與短刀》出土。

二〇一〇年 七月，風雲時代出版佚作《神君別傳》，附於古龍精品集《劍毒梅香》。

二〇一一年 三月，佚作《邊城》出土，為已知最早的電影小說。

風鈴中的刀聲（上）

作者：古龍
發行人：陳曉林
出版所：風雲時代出版股份有限公司
地址：10576台北市民生東路五段178號7樓之3
電話：(02) 2756-0949　　傳真：(02) 2765-3799
封面原圖：明人出警圖（原圖為國立故宮博物館典藏）
封面影像處理：風雲編輯小組
執行主編：劉宇青
業務總監：張瑋鳳
出版日期：古龍珍藏限量紀念版2025年3月
ISBN：978-626-7510-31-5

風雲書網：http://www.eastbooks.com.tw
官方部落格：http://eastbooks.pixnet.net/blog
Facebook：http://www.facebook.com/h7560949
E-mail：h7560949@ms15.hinet.net
劃撥帳號：12043291
戶名：風雲時代出版股份有限公司

風雲發行所：33373桃園市龜山區公西村2鄰復興街304巷96號
電話：(03) 318-1378　　傳真：(03) 318-1378
法律顧問：永然法律事務所 李永然律師
　　　　　北辰著作權事務所 蕭雄淋律師

行政院新聞局局版台業字第3595號 營利事業統一編號22759935

定價：340元

國家圖書館出版品預行編目資料

風鈴中的刀聲／古龍 著.　-- 三版.--
臺北市：風雲時代出版股份有限公司，2025.03
冊；公分.（另類俠情系列）古龍珍藏限量紀念版
ISBN 978-626-7510-31-5（上冊：平裝）
ISBN 978-626-7510-32-2（下冊；平裝）

857.9　　113016821